즐거운 인형축제 여행 되세요!

2024 축제도면편기념

 래연*

바람구두를

신은

피노키오

세계 인형극 축제 속에서 찾은 반딧불 같은 삶의 순간들!

바람구두를 신은 피노키오

래연 지음

노랑 마비

– 랭보에게

단 한 번 네 눈의 깜박임은
내게
시큼한 날갯짓

또한
우리 마음속 인형들에게

차례

1. 무엇보다도 이 책을 쓰신 동기는요?

———

수많은 여행기 중에서도 예술 축제 체험기는 드물어 보였거든요. 그래서 '예술과 축제가 결합된' 독특한 분위기를 그려 보이고 싶었어요. 전문적이지 않은 관객의 눈높이에서 인형극을 소개하는 한편, 축제 그 자체를 담아내려 했어요. 축제의 시간 속에 일어나는 내면의 굴절과 파문을 생생하게 적어보려 했지요.

2. 그런데 인형극이면 주로 어린이들만 보는 거 아닌가요?

———

전혀 그렇지 않아요. 인형극은 종합 예술이에요. 텍스트, 오브제, 음악, 미술, 연극, 무용 등 여러 예술적 요소들이 결합되어 만들어지니까 그 지평이 무궁무진해요. 서양에선 인형극이 아동용, 성인용으로 뚜렷이 나뉘지 않고 연령을 초월하여 즐기고 같이 관람해요. 팸플릿에는 적절한 연령 등급을 표시해놓긴 하지만. 우리나라에서도 요 몇 년 사이에는 아동 성인 경계 없이 오로지 예술의 차원에서 인형극을 만들려는 움직임들이 이루어지고 있어요.

사실 우리나라에서 인형극은 시작된 지 오래되었다고 볼 수 있어요.
마당극만 해도, 마스크를 사용하는, 인형극의 한 장르죠.

3. 샤를르빌 세계 인형극 축제에 대해 말해주세요.

공식 명칭은 Le Festival Mondial des Théâtres de Marionnettes, The World Festival of Puppet theaters로서, 세계 3대 인형극 축제 중 가장 규모가 큰 축제랍니다. 최근 2019년도만 해도 5대륙의 31개 국가에서 100개의 극단이 참가했어요. 극장 바깥 열린 공간에서 펼쳐지는 작품들까지 하면 보통 4백여 개 정도의 공연이 이루어지곤 합니다. 여기서 예술계의 거장들이 최신 작품을 선보이고 수많은 인형 예술가들이 서로 영감을 주고받아요.

이 축제의 맨 처음으로 거슬러 올라가 보죠. 1941년 당시 17세이던 인형극 학교 학생 '자크 펠릭스Jacques Félix'가 거리의 예술가들과 뜻을 같이해 협회를 만든 게 이 축제의 시발점이었어요. 이후 1961년에야 본격적으로 축제가 열렸고, 자크 펠릭스가 국제인형극회를 조직하면서 1972년에 이르러선 세계적인 인형극 축제로 거듭나게 됩니다.

처음에는 3년 주기로, 나중엔 2년 주기로 바뀌어 2019년에 20회를 맞이하였죠.

샤를르빌 메지에르와 인근 마을을 포함하여 이루어지는 이 축제에는 이 작은 도시 전체가 협력해요. 공연은 축제 본부가 있는 뒤칼 광장을 중심으로 펼쳐지며 50여 개의 건물이 공연장으로 활용돼요. 자유로이 볼 수 있는 야외 공연도 많습니다. 도시 전체가 인형극의 무대가 되는 셈이죠.

축제는 2년마다 늘 9월 셋째 주 금요일부터 열흘간 열립니다.

4. 실제로 이 축제를 즐기시려는 분들을 위해 간단한 조언을 부탁해요.

—

공식 사이트(https://www.festival-marionnette.com/fr/)를 참고하세요. 축제가 열리는 해 6월에서 7월경 여기에 행사 일정표가 올라와서, IN 공연을 예매할 수 있어요. 각종 패키지가 있어요. 인기가 좋은 작품들은 일찍 매진되니 서둘러야 해요.

또 호텔, 민박 등의 숙소도 일찍부터 꽉꽉 차기 때문에 예약을 서두는 편이 좋아요.

5. 프랑스니까 공연 중 언어는 프랑스어만 사용되나요?

—

사용되는 언어도 일정표에 표기되니 참고하세요. 텍스트가 많은 것에서부터 아예 마임에 가까운 무언극, 자막이 영어인지 등의 사양을 알 수 있어요. 일정표에는 영어와 불어로, 각 공연의 성격이 짧게 요약되어 있어요. 권장 연령, 텍스트 유무, 언어, 짧은 내용 소개 등으로 미루어 자신이 즐길 만한 극인지 어느 정도 짐작할 수 있어요.

언어에 능통하면 극을 더 잘 이해할 수 있겠지만, 인형극에서는 사물과 더불어 하는 동작 등의 언어 외적 요소들이 어찌 보면 더 본질적이어서, 시詩나 음악을 감상하듯 마음에 오는 대로 느끼면 된다고 말하고 싶어요. 인형극 관람 역시 다른 예술처럼, 이해보다 느낌이 우선인, 정답이 없는 세계라 할 수 있어요.

6. 샤를르빌에 대해 말해주세요.
그리고 이 도시에는 처음에 어떻게 가게 되었나요?

———

프랑스 북동부 아르덴 지역에 속하고, 파리에서 기차로 2시간 남짓 거리에 있습니다. 멧돼지가 상징이어서 관련 기념물이 많아요. 벨기에 국경과 가까워 홍합 요리와 맥주가 맛있기도 하고, 세계적 샴페인 산지인 에페르네가 이 근처라서 샴페인도 특산품이죠.

무엇보다 이 도시는 랭보의 고향으로 알려져 있어요. 꽤 널찍한 뒤칼 광장을 주변으로 랭보 박물관과 무덤, 생가 등을 둘러볼 수 있어요. 랭보의 시에 나오기도 하는 '뫼즈Meuse'라는 강이 흐르는, 인구 6만 정도의 조용한 마을입니다. 그리고 인형극 관련하여, 이 마을에는 프랑스에서 유일한 '국립 고등인형극예술학교ESNAM Ecole Superieure Nationale des Arts de la Marionnette'가 있습니다. 저는 랭보를 공부했었기에 시인 랭보(1854-1891)가 태어난 곳에 와보고 싶어 했죠. 유럽 배낭여행 때 처음 들렀다가 여기서 이런 대규모 축제가 열린다는 걸 알게 되었고요. 참 이상하죠. 랭보의 시 중에서 제일 처음 꽂혔던 시 구절이, '옛날, 내 기억이 정확하다면, 나의 삶은 모든 가슴이 열리고 온갖 술이 흘러 다니는 하나의 축제였다'였거든요. 축제를 보러 이 도시에 거듭 오면서 더욱 '축제'가 삶에서 갖는 의미를 곱씹게 돼요.

7. 이 축제 이름이 세계 마리오네트 페스티발인데, 마리오네트란 줄 인형을 말하잖아요? 그럼 인형극에 쓰이는 인형들은 모두 줄 인형인가요?

———

그렇지 않아요. 줄 인형은 인형극에 쓰이는 인형의 형태 중 일부이고, 더 다양한 인형들이 동원됩니다. 막대 인형도 있고, 인형에 손이나 팔을 집어넣어 조작하기도 하고, 가면이나 온몸에 뒤집어쓰는 전체 탈 등 다양합니다. 한 명의 배우가 여러 개의 인형을, 여러 명의 배우가 하나의 인형을 조종하기도 해요.

8. 인형극이라는 말 외에도 책에는 오브제 극이라는 용어가 나와요.. 차이는 뭔가요?

———

오브제 극이 더 넓은 의미라 할 수 있을 것도 같아요. 인형도 사물에 속하니까요. 오브제 극에선 사물들이 일반 연극에서처럼 배경이나 도구에 머무르지 않고 좀 더 적극적인 입지를 띠게 돼요. 주인공이나 배역이 된다고 할 수 있죠. 어떤 사물이건 극 중 설정에 따라 인격이나 모종의 격을 부여받아요. 예를 들어, 일상 속에서 의자는 앉는 데 사용될 뿐 그 외엔 별 용도가 없죠. 이렇게 일상 의식 속에서 사물들은 대부분 '용도'에 한정되지만, 오브제 극 속에서는 일상 용도 그 이상이 됩니다. 부여하기에 따라 의미가 확장되는 거죠. 마치 꿈속이나 혹은 시詩의 세계에서처럼요.

일반적인 연극에서는 주로 배우의 몸짓과 대사를 통해 의미가 전달되지만, 오브제 극에선 배우가 조작하여 비추어 내는 사물의 꿈들이 몽환적으로 펼쳐집니다. 어린 날의 공상 속에서처럼 모든 것이 살아 움직이는 마술적 세계가 시작되는 거죠.

9. 예술 축제를 이야기의 배경으로 삼은 데엔
특별한 이유가 있을까요?

———

극예술이란 우리 자신의 삶을 직접 투영시켜주는 아주 적절한 거울로 작용해요. 그래서 축제의 작품들과 만나면서 이 책의 이야기 속 화자는 자연스럽게 자기 삶을 꺼내 보면서 독백을 시작하게 되었어요.

어떤 식으로든 우리가 예술과 더 친밀한 생활을 하게 되면 좋겠어요. 예술은 일상의 삶에 기름을 치죠. 우리의 삶 전체에 의미와 활력으로 작용해요. 그야말로 본질적인 것이에요.

이런 의미에서 인형극도 어린 시절에만 누리고 말 것이 아니죠!

10. 끝으로 하실 말씀이 있다면요?

———

그동안 관광적 여행에 식상해졌다면 한 번쯤 이런 예술 축제 여행을 권하고 싶어요. 예술 인형극을 감상한답시고 꼭 패키지로 미리 끊어 인형극을 관람하지 않더라도요. 그냥 이 축제 기간을 염두에 두었다가 여행 기간 중 하루쯤 이곳에 들러 인형극과 각종 퍼포먼스, 전시가 펼쳐지는 드넓은 광장과 골목 그리고 숲속에서 사람들과 나란히 오프라인 공연을 보고, 맥주도 마시고, 뫼즈 강변을 산책해 보시라고, 은근히 권해요. 아, 삶이란 원래 이렇듯 풍성한 것이구나 하는 느낌만 든대도 이미 축제를 즐긴 거라고 할 수 있겠죠.

저도 이 축제에 처음 왔을 땐 관람 방법도 잘 몰라서 IN 공연은 남은 표들 현장 구매해서 몇 편 본 게 전부였고, 주로 밖에서 펼쳐지는 OFF 공연을 보고 그냥 축제 현장을 하염없이 걸어 다녔거든요. 그것만으로도 별세계에 온 듯한 기분이었어요.

지금까지 제 이야기의 배경인 샤를르빌 세계 인형극 축제에 대해 대강

설명했어요. 궁금증이 조금 풀리셨나요? 이 내용을 참고삼아서, 이 이
야기 속 뒤칼 광장으로, 축제의 한복판으로 저와 함께 가 보실까요?
이제, 한 분의 관객인 당신을 위한 극장으로 입장해주세요. 옆자리에는
조용하고도 수다스러운 관객들인, 수많은 인형이 함께할 거예요.

샤를르빌
Charleville-Mézières

Paris

프랑스 극단
Demain On Change Tout 의 거리 행렬극,
'인간 새와 그의 몽상 오케스트라'

나는 언제나 열일곱 살이다

랭보의 고향에서 엽서 한 장을 샀었다. 그림 속엔 시인 랭보가 벤치에 걸터앉아 있고, 하단에는 이런 글귀가 적혀 있다. '나는 언제나 열일곱 살이다.' 실제로 그가 언제 태어나 죽었건 그는 열일곱 살로서 살다가 죽었고, 늘 열일곱 살 같은 모습으로 우리에게 기억된다. 누구에게나 매한가지인 인간의 수명을 살다 가고서도 왜 누군가는, 다른 모든 이와는 달리 시간을 초월해 언제까지고 영원히 젊은 것인가? 일찌감치 반항을 시작하여 생애 내내 그것을 그치지 않았기 때문일까?

이런 의문을 품고 다시 그곳으로 향하였다. 샤를르빌, 랭보의 도시로. 네 번째다, 샤를르빌 메지에르.

랭보의 고향이라 오고 싶던 곳이었다. 처음 거기 갔을 때는 오로지 랭보를 만나는 일이 전부였다. 오래 간직해온 꿈 한 개를 실현하는 일처럼, 뫼즈 강의 물결을 딛고 선 랭보 박물관에 들렀다. 거기서 랭보의 자필 원고들 그리고 그가 여행 중에 쓰던 트렁크와 수저를 보았다.

또한, 한 세기 전의 그가 그러했듯이, 나도 그를 따라서인 양 뫼즈 강변을 죽 따라 걸었고, 그가 태어났던 집에도 갔다. 그리고 조금 더 걸어서는, 랭보가 누이와 나란히 묻혀 있는 마을 묘지에도 갔다. 묘지 입구에는 랭보에게 부치는 우편함이 있었다. 몇 년 후 다시 보러 오겠다고 랭보에게 편지를 써서 종이배 모양으로 접어, 실제로는 누가 수신할지 모르는 우체통에 집어넣었다. 그날, 유난히 파랗게 느껴졌던 오월의 밤, '뫼즈'라는 이름의 호텔에 묵었다.

그리고는 이후 두 번을 더 왔다. 그러자, 그리 크지 않은 이 도시의 자주 다니는 길과 슈퍼마켓, 숙소와 모든 풍경은 곧 친숙해졌다. 두 번 세 번 오면서 거기는 곧 랭보의 고향이자 나의 고향이 되기도 했다. 고향의 2차적 의미, 즉 깃들어 마음 붙이고 그 준 마음을 다시 거두지 않은 모든 장소가 그러하듯이.

지금으로 치면 중2병 걸린, 더 나아가 그 병을 거침없이 극단까지 밀고 간 자유와 반항의 화신 랭보, 프랑스 청소년의 대다수는 자신과 랭보를 동일시한다고 읽은 적이 있다. 프랑스 문학뿐 아니라 전 세계 문학의 역사에서 가히 혜성과도 같은 이 시인은, 청소년기의 에너지를 극한까지 끌어올릴 수 있다면 중2병조차 성스러워질 수 있다는 표본이 되었다.

랭보, 영원한 내 아이돌.

짚수세미 같은 머리에 손은 주머니에 찔러 넣고 긴 다리로 휘청휘청 걸으며 이 작은 도시를 배회했을 그. 온 우주와 교감할 듯 자뻑에 차서 당대 문학을 꿰뚫어 평할 만큼 충분히 건방진 정신을 지녔기에, 이 작은 도시가 그에게는 더욱 숨 막히게 답답했을 터이다. 이 도시 전체가 통째로 그의 감옥이나 다름없었을 것이다.

그러나 채 한 세기도 지나기 전, 이곳 샤를르빌은 축제의 장으로 변모한다. 랭보가 미지未知를 투시하려는 열망에 목 졸리던 끝에 그토록 벗어나고자 했던 이곳에는, 바로 그 미지의 세계에서 초대된 듯한 온갖 몽환의 무리가 떼를 지어 도달한다. 2년에 한 번씩, 매 9월이 될 때마다.

그들은 마치 망자 랭보가 불러들인 혼령들처럼 일제히 솟아나 무리 지어 노래하고 춤추며 온 마을을 행진하고, 보이지 않는 세계에서 온 메신저나 특파원들처럼 이곳 모든 극장의 무대로 관객들을 초대한다. 한 세기 전 미지의 세계로 떠난 랭보가 자기 무덤가로 불러들인 듯한 이 꼬마 도깨비불들의 행렬은 동심의 주변을 돌면서 잠시나마 영원을 엿보게 해주며, 기왕이면 살아가는 동안에 축제의 시간을 만끽하라고 합창한다.

나는, 나의 생애라는 앨범의 장과 장 사이를 벌리고 낡은 신발을 벗어 그 위에 누름돌처럼 지그시 얹어두고는, 맨발로 자근자근, 이내 작고도 충만한 향연의 시간으로 걸어 들어간다.

바로 거기 진짜, 내가 있다.
문득 정신이 든다, 꿈을 깬 듯.

내 생애의 앨범에서 이전 장들의 나는, 아무도 줄을 붙들어주지 않아 그만 한구석에 내팽개쳐진 작은 광대 인형일 뿐이다. 그런데 여기 인형의 나라에선, 인형이었던 내가 이제 진짜 사람이 되어 뭇 영혼들을 만난다. 여우도 고양이도, 귀뚜라미와 초록 머리 요정도. 어쩌면 나무 인형 피노키오의 진짜 아버지 제페트까지도.

보이는 세계와 보이지 않는 세계 사이에 임시 가교가 세워진다. 유랑극단들이 잠시 닻을 내린 막사들에는 우리가 떨어뜨리고 잃어버린 꿈들이 즐비하다. 이제 여기서 영원을 엿보다 다시금 차가운 현실 세상으로 돌아간다 해도 그리 슬퍼하지 않아도 된다. 우린 늙음도 죽음도 언젠간 멈추고 모두 고향에 가게 될 테니까, 다시 어린이가 되어 손을 맞잡게 될 것이므로, 아무것도 두렵지 않다. 시간은 우리에게서 결국은 아무것도 빼앗을 수 없다.

샤를르빌 랭보 서점의 랭보 코너

시인 아르튀르 랭보의 무덤, 샤를르빌 메지에르, 프랑스

1막

재발견!
무엇을? 영원을.
그건 태양과 섞인
바다.

Elle est retrouvée!
Quoi? l'éternité.
C'est la mer mêlée
Au soleil.

A. Rimbaud

LE·BATELEUR

첫째 날
마법사 (LE BATELEUR) ★

"불쌍한 피노키오, 당신은 나무 인형이란 말이어요.
더욱이 나쁜 것은 당신 머리는 나무로 되어있다는 것이죠."
(콜로디, <피노키오> 중 철학자 귀뚜라미의 말) ★★

| 있지도 않은 전야제 |

오전 11시.

여전히 호텔 캉파닐 앞에는 장미가 피어 있다.

이번에는 1층에 묵는다.

재작년에는 전체 열흘 중 사나흘 가량이나 난방에 문제가 있었다. 애초에 저렴하지도 않은 가격에, 주말이면 값이 껑충 올라간 주말 요금까지 받는 호텔임에도 불구하고, 고객으로 하여금 숙박의 기본인 난방을 신경 쓰게 만듦은 불합리하다. 여기는 중앙에서 연결해주어야 하는 시스템인데, 응당 되어있어야 마땅할 이 연결을 새삼 요구하기 위해 수시로 사무실에 들락날락해야만 했었다.

이번에도 어쩐지 불안했다. 이런 김에 어제저녁 체크인 때 사무실의 마담에게 물었다.

"르 라디아퇴르 퐁시온느 비앙?"(라디에이터 작동 잘 되나요?)

"물론이죠."

당연하다는 대답이 자신감 어린 표정에 실려 돌아온다.

★ 축제의 열흘 동안 매일 그날의 운을 점치느라 마르세유 카드를 뽑았다. 이날의 카드 패.
★★ <피노키오>, 1977, 계몽사.

이번에는 이 숙소에서 무사히 묵어갈 수 있을까? 사실 재작년에는 난방의 문제 말고도, 이와는 비교도 되지 않게 위중한 상황을 겪었었다. 이른바 '샤를르빌 갈비뼈 사건'이라고 두고두고 부르게 된 일이었다. 여기 묵는 동안 갈비뼈를 다쳐 숨쉬기도 어려워졌었다. 축제 현장에서 샴페인을 잔뜩 마신 끝에 귀가해서 비틀거리다 어디 부딪혀 다쳤는지도 모를 그 일이 물론 호텔 탓은 전혀 아니었다. 그렇지만 그 일이 단지 여기 묵는 동안 일어났다는 사실만으로 여차하면 이 호텔 터에 애매한 덮어씌우기를 할 판이다. 난방이 속 시원히 이루어지지 않는다면 말이다. 부디 이 호텔과 나 사이에 모종의 액 같은 건 더는 없기를.

그리고 이번에는 나 자신은 제발 좀 더 조신하고 방정한 시간을 보내리라. 이 방을 떠나는 순간까지! 그게 맘대로 될지는 모르지만.

어제 택시 기사의 말에 따르면, 지난 2년 사이 이 도시에는 위험한 구역이 생겨난 참이다. 칼부림과 총성의 난무라도 있었던 모양이다. 대머리에다 약간 다혈질로 보이는 기사는 내가 묵을 호텔 쪽으로 달리던 중 바로 그 문제의 구역에 이르자 신신당부를 했다.

"호텔 오케이. 상트르빌(도심지) 오케이. 하지만 그 중간 지점들은 걷거나 산책하지 말아요, 오케이?"

거듭 확인시키는 오케이! 그의 설명인즉, 바로 그 구역에 이상한 패거리가 자리 잡아서 치안이 극도로 불안정하다는 거였다. 인형극 축제가 벌어지는 도심 한가운데는 경찰력이 지켜주어 안전하지만, 그 외의 구역은 믿을 수 없다고 했다. 더불어 그는 이 사실을 우리가 아는 친구들 모두에게도 반드시 알려주라고 보태었다. 그의 말이 사실이라면, 버스가 다니지 않는 모든 시간에는 택시를 타야만 할 것이다.

이로써 이 도시는, 인형극으로 반짝거리는 그저 밝고 해맑은 장소는 아니게 된 건가?

오늘 2시에는 곧 이 축제 최초의 극을 보고, 밤 10시에는 개막식을 보게 된다.

그나저나 엊저녁 샤를르빌 기차역에 떨어진 우리는 도착 직후부터 뻘짓을 했다. 기차에서 발을 빼기 직전, 우리는 당장 해야 할 두 가지 미션을 두고 이 중 무엇을 먼저 할지 상의했다. '페스티벌 사무실에 가서 20매 묶음 티켓 수령하기' 와 '숙소에 짐 갖다 놓기' 중에서 선택해야 했다. 시간이 5시쯤이었다면 사무실이 분명 열려 있을 테니 사무실을 거쳐 숙소로 가면 될 것이지만 우리가 이 도시에 도착한 시간은 마침 애매했다. 그래서 일단은 먼저 호텔로 직행하여 짐부터 벗어놓기로 했다. 무거운 짐까지 이끌고 사무실에 들렀다가 다시 숙소 가는 택시를 타러 기차역으로 되돌아오는 무리수를 감행하기보다는 기차역에서 곧장 택시를 잡았다. 그 다혈질 아저씨의 조언을 들은 건 그러니까 바로 이 택시

안에서였다.

우리는 호텔에 체크인하고 짐을 놓은 다음 다시 시내로 가는 택시를 탔다. 그런데 20장 패키지를 찾는 일뿐 아니라 축제장에는 주요한 또 다른 볼일도 있었다. 다름 아니라 그것은, 우리가 당연히 어젯밤에 내 정되어있다고 철석같이 믿었던 전야제였다. 전야제를 본래의 정식 용 어로 바꾸면 '우베르튀르Ouverture(개막식)'이다. 그런데 이 페스티벌 은 규모가 꽤 큰 축제라 개막식은 응당 전야제의 형태로 펼쳐지리라고 내 멋대로 기대했던 것이다. 이런 멋대로의 연상은, 걸핏하면 뻘짓으로

새길 좋아하는 대뇌 속에서, 웬, 있지도 않은 유령 행사를 하나 만들어 낸 거라고나 할 수 있었다. 팸플릿에도 엄연히 개막식이라고만 적혀 있었을 뿐이다. 전야제가 아니라!

하지만 이러다가도 당연한 의문이란 언젠가 진실의 기슭에 가서 닿는 법. 결국은 택시에서 내릴 즈음에 이르러서야, 그때까지는 미미하게 잠재의식을 떠돌 뿐이던 의혹이 문득 입 밖으로 탈출했다.

"그런데 전야제가 있기는 있던가?"

"개막식은 당연히 페스티벌 전야에 하겠지?"

"분명한가? 확실해? 뭔가 불안한데?"

이 생각이 지금에야 들다니! 우리는 즉각 2년 전으로 기억의 핸들을 돌렸다. 그랬더니 2년 전 바로 그때 '알리제'라는 레스토랑에서 우리나라 극단 분들과 회식하던 장면이 떠올랐다. 회식 직후엔 바로 개막 공연을 보러 다들 뒤칼 광장에 가지 않았던가? 그리고 그날 낮에는 이미 몇 개의 공연을 봤기에, 회식 자리에선 서로 각자 본 공연 이야기를 주제 삼기도 했었다. 젠장, 그러니까, 개막식은 페스티벌 전날이 아니고 바로 첫날 있었던 거다. 이례적으로 이번에만 전야제의 형태로 바뀌지 않았다면 말이다.

보다 확실해진 불길함이 엄습했다. 하지만 아직은 우리의 뻘짓을 완전히는 인정하고 싶지 않았다. 기왕 이렇게 된 거, 낙천적인 대화로 서로를 어루만졌다.

"그래도 말이야, 전야제가 없다고 해도, 행사 전날이니 사람들이 모여 들어 들썩들썩하지 않겠어? 이 분위기를 누려야 해. 뒤칼로 가자!"

"맞아, 맞아, 그럼 그럼."

기대에 부풀어서, 벌써 싸늘해진 프랑스 북동부의 저녁 바람을 가르며 뒤칼로 발걸음을 재촉했다.

막상 뒤칼 광장은 완전히 썰렁했다. 레스토랑 의자들은 뒤엎어져 있었고 불들은 거의 꺼져 있었다. 광장 중간 두어 군데 행사용 임시 무대와 천막들만 천으로 감싸진 채 생뚱맞게 자리를 점하고 있었다. 이게 뭐란 말인가?

그러나 아직도 완전히 우리의 헛걸음을 인정하지 않기 위해 뭐라도 움켜쥐고 싶은 우리는 이쯤에서, 혹시 표라도 미리 찾을 수 있을지 모른다는 희망을 건져 올렸다. 밑져야 본전, 사무실로 향했다. 우리의 기대를 반영한 듯 사무실엔 휘영청 불이 밝았다. 거기는 9시까지도 열려 있어서, 표를 수령할 수 있었다. 표는 꼭 전날 받아둘 필요는 없지만, 기왕 미리 해결해두면 관람 당일에 표를 수령하려는 기다란 줄의 한 점이 되지 않아도 된다.

표를 받으려면 신분증이 필요했는데, 신용카드만으로 충분했다.

| 친절한 피자 |

　전야제도 불빛도 사람도 없는 저녁, 저녁 식사야말로 우리의 유일한 위안거리가 될 것이었다. 아닌 게 아니라 온종일, '포Pau'(프랑스 피레네 지역의 도시)로부터 파리를 거쳐 여기로 오느라 식사다운 식사를 하지 못한 채였다. 우리는 불 켜진 피자리아를 찾아서, 새가 저녁 둥지에 깃들 듯, 우리의 깃들을 식당 문 안으로 밀어 넣었다.

　서빙하는 아가씨는 어찌나 친절한지 웨이트리스의 요정이라 할만했다. 이 훈훈한 환대 속에서 문득 또 다른 피자리아, 바로 직전에 떠나온 도시 포에서의 한 정경이 대비되어 떠오른다.

　"봉주르! 자 어디든 원하는 대로 앉으시죠."
　거기 쉐프는 반갑게 우릴 맞았었다.
　때는 아직은 한산한, 점심 직전이었다. 우리는 창가의 4인석에 자리를 잡았다. 그러자 곧장 빠르고도 강압적인 어떤 소리가 날아왔다.
　"농! 여기는 4인석이니까 여기 말고 이 옆에 앉아왓!"
　어디선가 튀어나온 웨이트리스가 명령하듯 우리가 앉은 좌석 옆의 2인석을 가리켰다. 금발 머리를 절반만 위로 올려 묶은 그녀는 위세 당당하게 우리를 쏘아보았다. 그러나 이 위세에 절반만 굴복하듯, 우리는 그녀가 가리킨 그 자리 대신에, 거기서 약간 떨어진 다른 2인석으로 꾸물꾸물 옮겨갔다. 그런 다음 우리끼리 수군댔다. 이 갑작스러운 불쾌함을.

곧 그녀는 별로 내키지는 않으나 마지못해 임무를 수행한다는 듯한 걸음으로 주문을 받으러 왔다.

"부 자베 슈아지?"(골랐나요?)

"밖에 세트 메뉴 보았는데, 피자 뒤 주르(오늘의 피자)가……."

오늘의 피자가 정확히 무언지를 물으려던 것이었다. 그러나 그녀는 내 말을 더는 듣지도 않았다. 그저 한시바삐 주문을 마무리 짓고 싶었는지, 말을 딱 잘랐다.

"피자 뒤 주르, 둘?"

"아뇨, 그 세트 메뉴에 들어가는 피자 종류가 뭐냐고요?"

어이가 없었다. 이런 식의 엇갈리는 소통으로 주문을 겨우 했다. 그녀는 몸을 휙 돌려 돌아갔다.

곧 음식이 나왔다. 피자 맛은 괜찮았다. 그래서 잠시 그녀의 불친절은 접어둔 채 나의 식욕에만 충실할 참이었다. 그런데 동행인 케이가 눈짓으로 저쪽 창가를 가리켜 보였다. 그 방향을 관찰하기 좋은 위치에 앉아 있던 케이에게는, 문제의 그녀가 거기 창가 세 개의 테이블에 자리한 고객들을 얼마나 사근사근하게 대하고 있는지가 대번 한눈에 들어온 것이다. 거기에는 나이 든 커플, 두 남자, 세 남자가 각각의 테이블을 점하고 있었다.

"맛은 어땠나요? 괜찮았어요?"

"디저트는 뭐로 하시겠어요?…… 아, 네, 물론이죠."

그녀는 얼굴 가득, 이달의 친절 사원으로 뽑힐 수도 있을 것 같은 친절을 머금고 이런 멘트를 날리곤 했다. 특히 세 남자 테이블 앞에는 서빙 용무와는 별개로, 실실거리며 출몰했다.

나는 가상의 스토리를 대뇌 속에서 조작하여, 우리가 느끼는 모욕감과 어이없음을 완충시키고자 했다. 그녀는 지금 남자 친구와 싸웠거나 생리 증후군을 겪는 참이다, 그로 인한 짜증이 불특정 다수를 향한 적개심으로 탈바꿈했고, 바로 이 에너지를, 이날 점심 최초의 고객인 우리를 희생양 삼아 쏟아붓고는, 그렇게 해서 말갛게 걸러진, 소나기 직후의 햇살같이 간지럽고 청량한 웃음을 창가의 그들에게 베푸는 것이리라고.

푸대접의 시간은 이게 끝이 아니었다. 디저트 주문에서도 마찬가지였다. 커피를 시키겠냐고 하길래 내가 되었다고 하자, 나머지 한 사람에겐 따로 묻지도 않고 휙 가버렸다가, 잠시 후 생각난 듯 돌아와 다시 묻기도 했다. 우리 둘이 합쳐서 그냥 1인분으로 보였던 것인지.

대조적이게도, 샤를르빌의 웨이트리스는 낱낱이 친절한 데다 우리더러 프랑스어를 잘한다는 칭찬까지 얹어주었다. 저기서 상처 입은 마음 여기서 위로받는 것 같았다. 레스토랑에서 친절이란 때론 부족한 음식 맛 2%까지도 채워주는가 하면, 이와 반대의 효과도 있다.

피자와 와인으로 훈훈해진 저녁을 가로질러 다시 역까지 걸어가서는, 이날만도 벌써 세 번째인 택시를 타고 호텔로 돌아갔다. 2년 전보다 택시비는 조금 오른 듯했다. 택시비로만 하루에 30유로 이상 뿌리고 나니, 이 지역 경제에 보탬을 준 느낌이었다.

| 고양이를 약 올리는 짓궂은 새처럼 |

실은 이 출행을 하지 못할 위기가 다가왔었다. 올해 초부터 몸에 악재가 거듭되었다. 당장 죽거나 앓아누울 병은 아니지만, 일상 전체가 불편해지기로는 그리 뒤지지 않을 증상들이었다. 근골격계 질환, 특히 손과 팔에 문제가 생기면 그리됨을 바로 이번 기회에 알게 되었다.

시작은 어쩌다 별 대수롭지도 않은 계기로 생긴 힘줄 염증이었다. 그런데 이것이 쉬 낫지 않았고 심지어, 새로운 치료가 보태어질 때마다 예기치 않은 부작용까지 겹쳐져 예후가 점점 더 안 좋아졌다. 시작은 미미하였으나 이내 수렁이 되어버렸다. 손목에는 툭 튀어나온 결절까지 생겨버렸고, 이쯤 되자 어떤 치료에 무슨 후유증이 따라올지 모른다는 병원 공포증까지 생기고야 말았다.

이리하여 손으로 하는 모든 동작에 통증이 따라왔다. 무거운 문 열고 밀기, 거품 비누 용기 눌러 짜기, 레깅스처럼 탄력적인 옷 입고 벗기, 이불 개기, 치약 짜기, 캔 따기, 물병 뚜껑 비틀어 열기, 장바구니 들기, 요리하기, 가방 메기, 손글씨 쓰기 기타 등등. 이쯤 되니 엉엉 울고 싶었고 실제로 몇 번은 울었다. 이 느닷없고 막다른 골목에서, 사소하지만 걸리적대는 통증의 반경에서 어쩔 수 없이 서성였다. 나, 그리고 나의 모든 살림살이는 부조화로 덜컹거리게 되었다.

울적해진 기분을 달래기 위해 마침내는 가장 간단한 짐을 꾸려 1박 2일 여행을 시도했지만, 예전이면 아무렇지도 않았을 백팩을 걸머지는 것조차 이제는 버겁고 조심스러웠다.

그 끔찍한 겨울을 보내고 나자, 혹시 봄여름의 기후 변화가 몸을 조금이라도 호전시킬지 모른다는 우연에 기대고 싶어졌다. 초여름 다시 치료를 시작했고 일단 비행기 표를 끊었다. 여행하기에 충분치 않은 건강이지만 프랑스로 가는 짐은 동행인이 최대한 들어주기로 했다.

아프니까, 늙음과 죽음에 대한 상념이 육체를 스캔한다. 죽음이, 죽음에 이르는 과정이 두렵다. 죽음 앞에서는 내 심장과 물고기의 그것이 뭐가 다르단 말인가? 어린이 시절엔, 언젠가는 이런 퇴행성 변화에 노출되어 살아야 할 줄 어찌 알았겠는가! 늪에 빠진 생명력의 무릎을 이제부터 어찌 건져 낼 것인가?

이렇게 겨우 축제의 문이 내게 다시 열렸다. 고양이를 약 올리는 짓궂은 새처럼 조바심을 골탕 먹이는 영원의 실루엣, 다시 그리고 기꺼이 그 포로가 되고자, 간다. 어느 노련하고 따사로운 인형술사가 내 무너진 뼈들을 맞추어 나사를 조이고, 팽팽한 끈으로 당겨서, 다시 일어나 걷게 해줄까? 그의 어두운 작업실에서 부활하기 위해 잠자코 트렁크에 몸을 뉜다. 내 위로 덮이는 세월의 누더기가 따스하다.

그리고, 그럭저럭 지구에 오래 머물렀음에도 미처 덜 여문 꿈들도 여행 가방 속에 옹기종기 꾸려 넣어 데리고 간다.

7월. 물방울무늬 커튼이 볼에 가득 바람을 뿜고 펄럭인다. 장마와 찌는 해의 교차 속 무럭무럭 자라 오르는 풀들처럼 마당에 즐비한 아이들, 아무런 눈치도 보지 않는 웃음들, 천국에서 들려오는 것만 같다.

7월. 축제 일정표가 인터넷에 올라온다. 창가에 기대어 골똘히, 보고 싶은 작품들을 골라낸다. 설명이 이끄는 세계에 미리 초대된다. 선택과 집중, 예약, 좌표 찍기, 이제 난 즐거운 관객으로 거듭날 참이다.

안대를 드리운 채 손을 이끌려 초대의 문 앞에 선다. 살아온 나이들과 가위바위보를 하며, 별들과 이 지구와 사람과 사물이 만들어놓은 지층을 바라보며 화석을 더듬는다. 내 몸에 새겨진 불멸이 눈 뜨려 한다. 벌써 축제의 공간에 와 있는 듯하다.

기억이 난다,

내가 광물질이었을 때

내가 꽃이 되어 처음으로 웃었을 때

2시.

맘에 드는 좌석에 앉으려면 최소한 30분 전에는 줄을 서야 한다. 기다란 대기 줄로부터 드디어 낯익은 얼굴들이 차례로 눈에 띈다. 샤를르빌 인형극제 동기생처럼, 여기 오기만 하면 만나는 분들, 극단 '로.기.나래' 단장님 근영 씨와 배우 은경 씨다. 그들은 단장과 배우라기보다 마치 친구나 자매처럼 보이기도 한다.

단장님의 패션은 여전하다. 아방가르드 한 라인의 긴 원피스, 발목 워

커, 색색의 방울 장식이 주렁주렁 달린 가방. 때론 틀어 올리기도 하는 소녀같이 긴 생머리.

이미 불과 한 달 전 춘천인형극제에서도 이분들을 보았지만, 장소가 달라지면 만남의 느낌도 다른 법, 반갑게 몇 마디씩 주고받는다. 은경 씨가 넌지시 말한다.

"우리 프랑스식으로 인사해야 하는 거 아니에요?"

"아 그렇지!"

우리는 장난스럽게 얼싸안고 유난스레 쪽쪽 소리를 내가며 비즈(양쪽 볼에 소리 내어 입 맞추는 프랑스식 인사법)를 나눈다.

대기하는 동안 담소의 꽃을 피운다. 그들은 여기 오기 직전 이탈리아에 들러 나폴리 등지를 돌며 태양과 해변 그리고 특히 나폴리 피자를 질리도록 맛보며 소일했다고 한다.

그러다 드디어 입장이다.

이 극장의 본래 용도는 교회로, 이 시즌에만 극장으로 활용 중이다. 따라서 맨 바깥문을 열면 곧장 무대가 보인다. 중간 문 혹은 쓸 만한 칸막이가 없다. 극이 시작된 후 암전 상태에서 누군가가 입장할라치면 불가항력으로 햇빛이 따라 들어 실내에 쏟아 부어진다. 조명 컨트롤에 애로가 따른다.

특히 극의 첫 장면은 극 전체의 몰입을 위한 입구가 되는 부분으로서,

이 사실을 염두에 두어 매우 공들여 구성될 터인데, 이 중요한 순간에 예기치 않은 빛이 난입한다는 것은 공연을 심각하게 훼손하는 일이 되고 만다.

아닌 게 아니라 시작 직후 입장하는 사람이 있어서, 군중 전체의 빈축이 쏟아진다. 내 옆의 아저씨는 진노하여 단호히 외친다. "오우, 노우……"

이 단말마는 안타까움을 넘어, 입장 저지라도 시키고 싶어 하는 것 같은 이의제기다. 그러나 정작 입장하는 당사자는 자기를 향해 쏟아지는 비난 사태에 아랑곳하지 않고 여유 있게 자리를 골라 착석하였고, 어쨌든 극은 흘러간다.

이 연극은 독일의 잔혹 동화를 각색한 작품이다. 나는 축제 인형극 패키지로 20개 극을 선정할 때부터, 이 극의 연출에 독일의 저명한 마리오네티스트 '일카 숀바인Ilka Schönbein'★이 참여했다는 설명만으로도 부쩍 관심이 갔었다. 이 극의 제목 '데니셰Denichet'를 우리말로 풀면 '업둥이' 정도가 된다. 어원적으로, '드 니슈de niche', 그러니까 '새 둥지로부터 온 아이'라고 해석할 수 있다.

내용은 이러하다.

★ Ilka Schönbein 극의 분위기를 볼 수 있는 유투브 영상. Theater Meschugge - Eh bien dansez maintenant TRAILER, https://youtu.be/IS7TJBGYV4U

한 사냥꾼이 새 둥지에 놓인 아이를 발견해 데려와 자기 딸과 키운다. 둘은 최고의 동무이자 연인이 된다. 어느 날 이 집 요리사가 이 '새 둥지 아이'를 잡아먹으려고 물을 끓이는 걸 엿보게 된 아이와 딸은 집에서 도망쳐 나온다. 여러 가지 모습으로 변신해가면서 요리사의 추적을 따돌린다. 그들은 위기에 처할 때마다 영원한 사랑을 다짐하며 외친다. "난 결코 널 떠나지 않아, 난 결코 널 떠나지 않아!"

이 극은 단 한 명의 배우가 자기 신체의 여러 부분을 활용하여 모든 인물을 연기해낸다. 양 무릎에 아이들 모양의 인형을 하나씩 붙이고 움직여, 그들이 숲을 달려 도망치는 장면을 만들어 내는가 하면, 머리에는 새 가면을 쓰고 숲의 새소리를 내어 효과를 준다.

무대 왼편에 자리한 내레이터는, 음향 효과도 겸하면서 극의 전체 줄거리를 서술해 간다. 배우와 내레이터의 호흡, 배우 신체 각 부분을 도구로 쓰는 기법 등에서 일카 손바인의 흔적이 두드러졌다.

재작년에 처음 보았던 일카 손바인은 경이로웠다. 최고의 존재감을 지닌 아티스트들이 그러하듯, 비록 언어 차이로 인해 그녀의 극을 완전히는 이해하지 못한다 해도 그녀 자신으로부터 뿜어 나오는 독보적 에너지만큼은 고스란히 전달되는 그런 배우였다. 어지간히 몸이 마른 그녀를 무대에서 처음 보았을 때, 극이 끝날 때까지도 나는 그녀가 여자인지 남자인지 노인인지 젊은이인지조차 알아볼 수 없었다. 흡사 그녀라는 배우 안에는 모든 것이 담겨 있어서, 그 무엇으로도 변해 보일 수 있을 것 같았다.

그러나 이번에 내가 이 극에 푹 몰입하여 그때의 감동을 다시 느낄 수 있었냐면 그렇지 못했다. 세상의 수많은 일이 오히려 너무나도 사소한 일들에 좌우되듯이, 작은 일이 항상 의외의 변수가 된다. 시시콜콜한 곡절들이 나를 가로막아, 그리 썩 잘 집중하지 못했다. 노안이 왔는지 얼마 전부터 불량해진 시야 속에서 주요 무대 장치들의 윤곽은 흐릿하기만 했고, 공연 전 화장실에 들르지 못해 방광에 고인 물 또한 몰입을 방해했다. 게다 바로 뒷줄 누군가는 내레이터의 프랑스어를 영어로 일일이 옆 사람에게 통역해주는 바람에, 그 중얼중얼 속삭이는 소리까지 들려왔다. 이 어수선한 가운데 내 무의식의 층에서는, 극 초반에 어떤 연상으로 인해 문득 떠올랐다가 이내 사라져 버린 하나의 섬광 같은 어떤 기억을, 그게 뭐였더라 뭐였더라 하면서, 연못에 빠뜨린 열쇠라도 헤집듯 안타깝게 훑고 또 훑기를 극이 끝날 때까지 채 단념치 못하고 있었다. 기억 되짚기 과정에 사로잡혀 있었던 거다. 더는 환기되지 않는 기억에 사로잡힌 에너지는 어느새 나 자신을 칭칭 감고 있었다.

그렇게 극이 끝났다. 떨떠름한 기분으로 다시 빛 속으로 떨려 나왔다. 그러나 이런 나와는 달리 아이들의 몰입도는 최고였다. 그들은 오감을 다 열고서 반응했다. 배우의 조그마한 변화에도 아이들은 곧잘 웃곤 했다. 나로선 얼마간 놓친 공연이 되고 말았지만, 현재가 현재이게끔 하는 춤과 노래 그리고 아이들의 웃음이 거기 그 극장 안에 있었다.

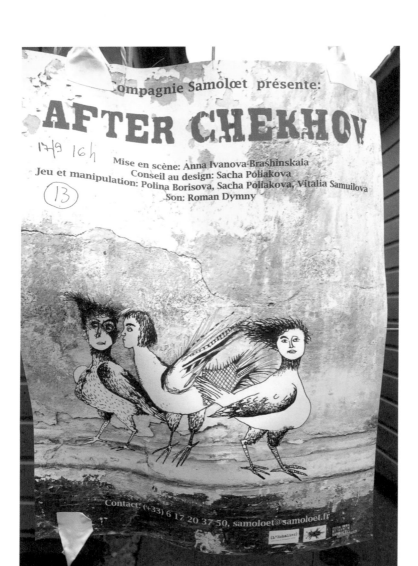

데니셰, 내 유년기 둥지의 동반자

  주인집 막내딸은 나보다 한 살 위였다. 나는 오빠만 있는 막내였고 그 아이는 언니들이 많은 막내였다. 집안일이라곤 도무지 할 줄 모르던 나와는 달리 그 아이는 어른이 하는 거의 모든 일을 다 할 줄 알았다. 빨래 삶기, 연탄불 갈기, 아기 돌보기, 김치 담기 등 내겐 어른의 영역에 속하는 일들을 그녀는 척척 해내어 이웃 어른들의 칭찬을 들었다. 나는 손으로 하는 모든 일에 취약했고 그녀는 예체능과 가사에 능했다. 나는 학업과 추상의 세계에, 그녀는 실사구시의 세계에 각각 몸담고 있었다. 나는 작고 창백한 얼굴에 가느다란 윤곽을, 그녀는 까무잡잡하고 큰 얼굴에 뚜렷한 이목구비를 갖고 있었다. 모든 특성을 종합하여 나와는 딴판인 그녀를, 강하고 아름답고 어른스럽다 여겼다.

완연히 다른 둘은 그럼에도 잘 조화되었다. 그녀는 허약한 나의 보호자처럼 행세했다. 새벽 동이 트기도 전에 나를 불러내어 효창운동장을 같이 한 바퀴씩 뛰곤 했다. 그런 다음엔 효창공원에서 마무리 놀이를 했다. 공원에서도 고작 그네나 붙들고 흔들거리는 나와는 달리 그녀는 초면인 사람들과도 곧잘 어울려 농구나 배드민턴을 했다. 볕 좋은 오후엔 우리 동네 바로 옆의 부유한 마을을 돌면서, 현관에서 대문까지 걸어 나오는 데만도 한참 걸릴 커다란 부잣집들의 초인종을 누르고 도망치며 낄낄대곤 했다. 그 골목을 빠져나와선, 불면 머리가 어지러워지는 본드로 유유히 풍선을 불며 돌아다니기도 했다. 또 저녁이면 긴 쇼윈도의 행렬을 따라 보석 가게며 옷가게 등의 황홀한 아이 쇼핑을 겸해 산책하기도 했다. 더 늦은 저녁인 아홉 시 이후엔, 늘어선 벤치마다 애무의 주지육림으로 변하는 효창공원에 뭇 연인들을 구경하러 가기도 했다. 우린 항상 함께였고 죽이 잘 맞았다.

인형극 축제 기간에는 가게 쇼윈도도 모두 마리오네트 풍으로 장식된다.

| 에스파스 페스티발 |

    4시 반. '에스파스 페스티발Espace Festival.'(축제 진행 센터이자 만남의 장소)

    에스파스 페스티발의 자리 배치와 장식들이 이전과는 사뭇 달라졌다. 별들이 아로새겨진 테이블보에 눈이 다 즐거워진다. 위로 향해 팔을 뻗쳐 든 나뭇가지마다 커다란 인형 얼굴들이 걸려 있다. 개중에는 용龍인형이 종이와 비닐 재질로 된 수많은 비늘을 펄럭인다. 여기저기 속속들이 축제 기분 돋는 데커레이션. 가로수들은 컬러풀한 뜨개옷을 입고 섰다.

전체적으로 'ㅁ'자 형태를 이룬 에스파스 페스티발 정중앙의 허공에는 중국식 종이 오림으로 만든 커다란 회전등이 달려서, 해가 져 어두워지고 나면 사방 벽에는 용을 비롯한 각 대륙 상징물의 그림자들이 빙글빙글 돌아간다.

또 여전히 '퍼펫 바Puppet bar'가 성업 중이다. 여기에서 1유로짜리 커피, 그리고 '아르덴Ardennes'★의 지역 맥주가 잔으로 팔린다. 이 공간은 활기찬 만남의 장소가 된다. 음료를 사면 예전에는 고양이 눈동자 모양 속에 딸기잼이 들어간 과자를 무료로 주었는데 이번에는 달콤하

고 즙 많은 서양배까지 쌓아놓고 나눠준다. 나는 이 윌리엄 배 (서양배 품종 중 하나)를 '오늘의 배'라 부르며 하루에 하나씩 받아먹곤 한다. 이 바의 운영 멤버들도 이전과 그대로, 여전히 따듯하고 친절하다.

★ 프랑스 북동부의 주. 벨기에 국경과 접해 있음. 주도 샤를르빌 메지에르.(세계인문지리사전)

다른 한쪽에선 간식을 판다. '프리카세Fricassée'(감자, 양파, 소시지 등을 기름에 볶아 양념에 버무린 아르덴 지역의 요리)와 겨자, 케첩 등을 얹어 먹는 소시지가 주메뉴다. 여기 역시 모든 멤버가 전혀 바뀌지 않아, 어쩌면 이들의 축제 참여 역사는 생각보다 더 오래되었는지도 모른다.

이번엔 기념품 파는 곳에 탐나는 것들이 많다. 예전의 나는 축제 로고가 그려진 에코백을 사는 게 전부였지만 이번에는 더 많은 물건이 눈에 들어온다. 그도 그럴 것이 축제 물건들이란 행사 로고에 따라 느낌이 달라질 수밖에 없어서이다. 이번에 새로 디자인된 행사 로고는 전에 없이 유독 예쁘다. 섬세하고 예술적인 선으로 그려져 있다. 마리오네트 줄에 달린 사람 옆얼굴과 물고기 인형이 서로 마주 보는 그림이다. 그 위로 'FESTIVAL MONDIAL DES THEATRES DE MARIONNETTES'(세계 인형극 축제)라는 글씨가 위에서부터 검정 -> 남보라 -> 자주 -> 핑크의 그러데이션을 이루며 내려온다.

이 나무랄 데 없이 맘에 드는 디자인, 바로 그런 까닭에, 이 예쁜 로고가 들어간 물건이라면 모조리 눈이 가고야 만다. 이 로고가 들어간 색색깔의 배지, 열쇠고리, 티셔츠, 머그컵……. 결국 이것들을 최소한 하나씩은 다 사게 되었다. 로고의 힘, 로고의 승리.

이 외에 부피 때문에 망설였지만 여기서만 구매 가능한 귀한 자료라는 이유로, 몇 권의 책도 결국엔 사고 말았다.

| 사물들이 주어가 되어, 오브제 극 |

오후 5시 50분.

춥다. 털모자에 손 토시, 목도리도 둘렀다.

방금 내 눈앞에서는 풍채 좋은 몇몇 신사들이 사교적 담화를 나누며 오갔다. 우리 일행 중 누군가는 그들 중 일인이 인형극 국제단체의 이인자에 해당한다고 말해주었다.

여전히 춥다. 이런 데 앉아 앞에 오가는 사람들을 바라보며 관찰과 상상으로 소일하기엔 여기 추위는 만만치 않다. 내일은 광장에 올 때 더 많은 생강 과자를 챙겨야겠다. 독일 브레멘의 시장에서, 혹시 감기 예방이라도 될까 싶어 산 생강 과자다. 편강 형태가 아니라 젤리처럼 말랑하고 촉촉하다.

지금은 우리나라 극단 분들이 모두 모여 있다. 이번 축제의 멤버는 로. 기. 나래의 두 여자분과 주환 씨 그리고 춘천 인형극 축제 사무국장님이다.

"테아트르 도브제théâtre d'objet를 우리말로는 어떻게 불러야 하죠?"

인형극 관계자들을 만난 김에, 잊어버릴세라, 그동안 은근 궁금했던 한 가지 질문을 꺼낸다. 테아트르 도브제. 오브제 극. 인형극을 지칭하는 다른 용어처럼 팸플릿에서 자주 눈에 띄곤 하는. 기본적인 용어일 텐데, 그 어감을 정확히는 모른다. 문자 그대로 '사물극事物劇'쯤 되려나? 어차피 모든 연극에는 대소도구로서의 사물들이 존재하는데 그런 도구적 사물들과 인형극 적 의미의 사물은 또 어떻게 다른지?

"우리나라에서는 '물체 극'이라고 해요."

이어서 근영 씨는 인형극 관계자들이 이 용어를 딱히 좋아하지 않는다고 덧붙인다. 인형극에서는 아무리 물체일지언정 일단 인격을 부여

받은 이상, 물체의 격으로만 간주되지는 않는다는 이유다. 이것은 이를테면 '푸른 머리 무'의 푸른 머리가 어디까지나 인격화된 '무'의 모발이지 더 이상 우리가 먹는 무청이 아닌 것과 같은 의미인가?

이와 관련하여 또 다른 표현이 생각난다. 회화 예술 용어 '정물'을 프랑스어로 옮긴 '나튀르 모르트nature morte'라는 표현에서, morte(죽은)이라는 형용사가 나는 거북하다. 내 머릿속에서 정물이란 단지 그 순간 그 자리에 잠시 멈춘 사물이지 '죽은' 것은 아니기 때문이다. 어떻게 사물이 죽어 있을 수 있단 말이지? 더욱이 나는 사물에 대해 애니미즘적 관점까지 가지고 있어, 이 표현을 받아들이기 더욱 힘들다.

인격이 느껴지는 오브제들

이제 6시경. 저 앞의 단상에선 샤를르빌 시장님을 시작으로 축제의 여러 관계자와 대표들의 개회 인사가 이어진다. 이런 경우, 그나마 인지도가 돋보이는 미모의 여시장님까지만 집중이 되고 이후의 분들에겐 미안하지만, 집중도 기억도 되지 않는다.

지루해지게 마련인 공식적 인사 행렬이지만 암튼 축제는 축제다. 갑자기 인형을 가진 남자가 난입하더니, 인형으로 느닷없이 시장님의 어깨를 두드리고 말을 걸며 희롱한다. 미리 짜고 친 연출일 수도 있지만 어쨌든 분위기 돋우는 익살이다.

어두워지기엔 아직 이른 시간, 저녁 바람이 불어와, 나무에 달린 용의 수많은 종이 비늘들이 나뭇잎들과 더불어 펄럭인다. 프랑스 북동부 도시의 연한 햇빛이 퇴장하려 한다. 곧 저녁이 될 거라, 어떤 온기가 간절해진다.

작은 돌과 마른 잎으로
만들어 본 오브제

달걀을 하나 부쳐 먹기 위해 갖은 기발한 기계 장치의 연결을 고안해내는 얼뜨기 친구들의 이야기. 대사라곤 거의 없이 오브제들을 실험적으로 작동시키는 것이 주된 내용을 이룬다.

저녁 7시.

개회 인사와 자유 연회를 끝까지 맛볼 사이도 없이, 가까운 극장인 살르 아르튀르Salle Arthur로 급히 발걸음을 옮겼다.

극이 시작하려면 20분여 남았지만, 줄은 이미 길어져 있다.

바로 앞엔 세 사람. 그들 중 동화적 색감의 녹색 바지와 신발, 모자, 목도리를 걸친 한 남자가 현란한 빛깔의 가방과 소니 카메라를 들고 있다. 훤칠하니 마른, 영락없는 미남의 뒷모습, 그런데 앞으로 도는 순간, 세상에나! 할아버지셨다. 그리고 그와 일행인 커플 중 여자는 와인색 긴 드레스와 붉은 립스틱이 완벽하게 잘 어울리는 대단한 미녀, 그녀가 아테네의 헬렌 같다고 여기는 순간, 입장이 시작된다.

공연은 길지 않았다. 동물들의 혁명, 인형들의 반란을 다룬 이 공연은 충분히 감탄을 자아냈다. 이 공연은 조지 오웰의 '동물 농장'을 재현한 것으로, 작고 하얀 동물 인형 50여 마리가 무대에서 활보했다. 정교하게 만들어진 흰 동물 인형들은 퍽 귀여웠고 극의 톤은 해학적이었다. 하지만 쉴 새 없이 웃으며 몰입하다 보니 부지불식간 기분이 씁쓸해지기도 했다. 웃고 말기에는 신랄한 풍자로 가득한 이야기였다. 저 귀여운 동물들이 그려 보이는 현실이라는 게, 인간 사회 속 권력의 속성이 강조된 어두운 유토피아 그 자체였다. 불현듯 섬뜩했다. 극의 끝으로 갈수록 나는, 인간 사회에 과연 어디까지 희망을 품을 수 있을지를 허공에 묻게 되었다.

기분이 더 암울해질세라, 너무나 정직한 식욕이 적절한 경고음을 울려주었다. 다행이었다. 아까 같이 있던 일행들 모두와 어울려 스페인풍

뒤칼 광장 개막식에 모인 군중

음식점으로 향했다.

추웠다. 바깥 공간에 앉아 파에야와 안달루시아식 홍합 요리를 먹는 동안, 찬바람이 고스란히 우리의 앞뒤를 쓸고 지나갔다. 우리 등 너머에 선 한 기타리스트가 굉장치도 않은 클래식 기타선율을 끊임없이 튕겨냈다. 어찌나 탁월한 멜로디였던지, 미각을 압도해버릴 지경이었다. 요리 맛이 잘 느껴지지 않았다. 먹으며 무슨 말들을 떠들어댔는지조차 기억에 없다. 어느덧 입에서 하얀 김이 나오는 추운 밤이 되었다. 기타선율과 함께 덮쳐 온 갑작스러운 추위 때문에 기억들이 모두 다 얼어붙어 있다.

| 개막식의 밤 |

밤 10시.

뒤칼 광장은 군중으로 범람한다. 모두의 기다림을 뚫고 어느덧, 거대한 인형 조형물이 솟아오른다. 철근으로 얽어 제조한 것이다. 인형의 배경으로는 일레트로니크 음악이 뿜어 오른다.

그런데 뭘 하려는 것일까? 이 조형물은 예상처럼 군중의 정 중앙으로 진행하는 대신, 마치 술래잡기라도 하듯, 곧 뒤칼 광장 뒤편 골목으로 사라져 버렸다. 시야에서 인형이 사라지자 군중은 혼돈에 빠진다. 저 인형과 관련된 시나리오가 더 있을 것도 같지만, 이후의 과정을 따라가기엔 추위 속 군중은 인내심 부족이다. 결국, 절반은 흩어져 버렸고 참을성 있는 소수만이 인형의 뒤를 추적한다. 물론 나는 이 소수에 속하지 않는다.

행렬을 끝까지 따라갔던 주환 씨를 나중에 만났다. 그의 증언을 따르면, 인형은 정해진 시나리오를 따라 옮겨 다니며 퍼포먼스들을 펼쳐 보였고 그걸 지켜보는 소수 군중의 분위기는 탁월했다고 한다. 역시 예술의 창조와 그 향유에는 인내가 필요한 것이었다. 이 퍼포먼스가 관객에게 불친절한 구성이라 투덜대는 사람에게는 개막식마저도 여우의 신 포도에 불과했고, 인내력 부족한 인파에 남겨진 답례는 광장의 추위뿐

이었다.

　하지만 이렇게 추운데도, 오늘 일정은 개막식으로 끝이 아니다. 모두
가 찬탄해 마지않는, 네덜란드의 '두다 파이바Duda Paiva'의 오프 공연
(실외 공연)이 밤 11시 너머 예정되어 있다. 다들 서둘러 에스파스 페스
티발로 자리를 옮겼다.

도착하자, 로.기.나래의 두 여자분은 이미 거기서 토마토 수프로 추운 속을 달래고 있다. 곧, 개막식의 최종 목격자인 주환 씨까지 착석하여 우리는 이날 밤의 개막식을 두고 토론을 벌였다. 단장님에 따르면, 역대 개막식에서도 그런 식으로 골목으로 사라져 옮겨 다니는 퍼포먼스가 종종 있었다고 한다.

수프와 샴페인을 먹는 동안에, 곧 있을 공연 장소를 공지하는 방송이 흘러나왔다. 또 옮겨야 했다. 거기엔 이미 관객들이 첩첩이 자리 잡고 있다. 나는 한구석 가장자리에서 앉았다 일어섰다 하며 다소 불편한 자세로 공연을 본다.

비스듬한 각도였지만 곧 공연에 몰입하게 되었다.

남자 배우가 사람 크기 발레리나 인형의 손과 팔을 자기 몸과 연결하여, 마치 무용하듯이 움직여 보인다. 인형 조작 기술이 완벽한 나머지, 이 인형은 거의 완전히 독립된 하나의 인격체처럼 보인다. 다가가고 거부하고 격정을 펼치고 또 밀고 당기고, 배우는 인형과의 감정선을 낱낱이 섬세하게 펼쳐 보인다. 우아하고도 안타까운 격정의 몸짓들! 모두의 탄성이 우러나왔다.

이 극의 내용과 주제를 요약하면 '남자의 집착'이다. 한 남자가 한 여자에게 구애한다. 그녀와의 밀당 끝에 겨우 그녀를 길들일 무렵 여자의 등에서 문득 날개가 돋아난다. 살짝 보이는 이 날개를 남자는 더럭 끄집어내 버린다. 그녀는 그에게서 벗어나 날아가고자 한사코 발버둥 치며 도약을 거듭한다. 그는 그녀를 끈질기게 붙들고 또 붙들어, 떠나려는 그녀의 발을 지상에 붙여둔 다음, 잔인하게도, 날개를 통째로 뜯어내 내팽개쳐 버리고야 만다. 그녀는 주저앉아 쓰러진다. 선녀와 나무꾼의 서양 버전 같기도 한 이 줄거리는 페미니스트들의 비위를 건드릴 지경이다. 하지만 어찌나 로맨틱하게 연출되었는지, 분노는 보류됨직도 하다.

이 퍼포먼스를 끝으로, 자정이 조금 못되어 택시를 탄다.

전체 열흘 중 겨우 첫 하루가 지난 지금, 주머니엔 아직 남은 구슬 아홉 개가 들어 있는 셈이다. 든든하다.

두다 파이바의 또 다른 작품

실외 무대로 사용되곤 하는, 에스파스 페스티발의 빈 공간

둘째 날
달(LA LUNE)

"요술 별판은 아직 멀었나요?"
"저기야. 바로 저기야."

| 거꾸로 도는 달 |

　어제 첫날은 그럭저럭 행복했으나 모든 날이 그럴 리는 만무하다. 둘째 날인 오늘은 아침부터 컨디션이 좋지 않다. 프랑스 남부에서 따뜻한 나날을 보내다 북상하여 급 추위를 맞은 데다가 어제 늦게까지 광장에 머무른 탓에 니스에서부터 시작된 감기는 더욱 도졌고, 여러 날 줄곧 서서 돌아다니느라 고질병인 고관절 증상이 다시 덮쳐왔다. 그래서 이날 모든 공연이 오후로 잡혀 있는 마당에 옳거니, 아침밥도 생략하고 최소한 오전 10시까지는 푹 잘 작정이었다. 그러나 축제 단 이틀 만에 일은 설상가상으로 돌아가 급기야 나의 휴식 따위는 날아가 버렸다.

　아침 8시 반, 느닷없이 이 호텔의 지배인이 방으로 찾아와 깨웠다. 몸집이 좀 푸짐해 보이는 그는 "호텔 예약에 문제가 있으니 사무실로 오라."고 했다. 옷을 주섬주섬 걸치고 사무실로 갔다. 그의 말인즉슨, 축제 기간 열흘 중 겨우 딱 첫날만 예약되어 있다는 것이었다.

　서로의 상황을 맞춰보니 영문이 파악되었다. 일찍이 지난 1월 부킹 사이트를 통해 총 9일을 예약했었고 두 달 전엔 축제 전야에 해당하는 하루 치를 더 예약했는데, 어떤 착오에 의해선지, 부킹 사이트는 호텔 측에 이 마지막 딱 하루 치의 예약만 통보하는 메일을 보내었고 이 와중에 한참 전 앞서 예약한 9일 치는 송두리째 누락되어버린 것이었다.

책임이라면 호텔도 우리도 아닌 오로지 부킹 사이트에 있었지만, 호텔 측에서는 멀쩡한 고객을 거리로 내몰 수도 없는 일이어서, 최선을 다해 다른 숙소를 알아봐 주겠다고 했다.

정말로 그들은 최선을 다했다. 통상 이 인형극 축제 기간에 빈 호텔을 찾기란 하늘의 별 따기지만, 호텔 측은 바로 옆 호텔인 '프르미에르 클라스Première Classe'에 들어오려는 예약을 차단해가면서까지 거기에 나흘 치의 숙박을 주선해 주었다. 그리고 이후 나머지 사흘은 이 캉파닐 호텔에 빈방이 생기므로 다시 와 묵으라고 했다. 이만해도 우리에겐 최선이었다. 지배인 말로는 여기가 아니라면 '세당'이라는 좀 더 먼 도시의 호텔 말고 다른 선택은 불가능하다고 했다. 4년 전 기차로 무려 50분 거리에 있는 랭스에서 샤를르빌까지 출퇴근한 경험이 있는 우리로서는 사정을 잘 알고 있었다. 불행 중 다행이었다.

어쩐지 그동안 이번 여행이 비교적 순조롭게 흘러왔다는 것이 되려 약간은 불안했었다.

우리가 샤를르빌에 오기 전 지난 보름간의 여행으로 말하면 액운을 겪은 날은 단 하루에 불과했다. 그런데 그게 단 하루 사이에 무려 예닐곱 가지의 작은 액운이 연달아 일어난 기이한 사태이기는 했다. 그래도 그 중 어느 것도 치명적이지는 않아서, 당시 나는 이 몇 가지 난리 사태마저도, 여행을 주의 깊게 차근차근 다니라는 운명의 경고 정도로 받아들였었다.

그 시작은 암스테르담에서 독일 브레멘으로 향하는 시점이었다. 호텔에서 멀지 않은 암스테르담 역까지 걸어 도착하여 한숨 돌리고 보니, 순간 왼쪽 손목이 허전했다. 호텔에 시계를 두고 온 것이었다. 동행인 케이는 나를 조금 원망하는 표정을 짓더니, 미친 속력으로 뛰어가 용케도 그것을 찾아왔다. 내가 갈 수도 있었지만 나는 걸음도 느리고 길눈도 어두웠기 때문이다.

그다음 부랴부랴 대기 중인 열차에 올랐다. 하지만 안내판을 올려다보니, 잘 못 탄 거였다. 부리나케 내렸다. 출발 일 분 전이었다. 조금만 늦었다면 우리는 미지의 행로를 탐험할 뻔했다.

숨을 돌린 지 불과 얼마 되지 않아 곧 새로운 액운이 발견되었다. 기차에 기계적 결함이 발생한 것이다. 갑자기 기차의 움직임이 둔해지다가 급기야는, 엔진 문제를 손보고 있지만 언제 다시 출발하게 될지 모른다는 방송이 나왔다. 그러다 결국 그날 안에 고쳐질 승산이 없었는지, 다른 차를 갈아타게끔 준비해 줄 테니 모두 내려 대기하라고, 다시 방송이 나왔다. 별일도 다 있구나 하며 내렸다.

기차역에서 노신사 한 분이 문득 국적을 물어왔다. 한국이라 답했더니 그는 말을 이어갔다. "한국에서라면 이런 일 없겠죠? 암스테르담에서는 일 년에 한 번꼴로 이런 일이 있습니다."

하필이면 그날이 바로 그 일 년에 한 번 있다는 그 날이라니! 승객들은 모두 새 차로 갈아탔다. 하지만 이 차마저 출발도 진행도 퍽 더뎠다. 그래도 이 정도면 감수할 만한 액운이라 여기며 닥친 사태를 즐기기로 했다.

드디어 이 기차는 브레멘행을 갈아타는 지점에 도착했다. 마침 바로 건너편에 '브레멘행'이라고 적힌 기차가 보였다. 독일어는 모르지만, 브레멘이라는 단어는 알아볼 수 있었다. 우여곡절 끝에 그래도 문제없이 도착하게 되었다고 기뻐하며 냅다 그 차에 올랐다.

그런데 출발 후 십오 분쯤 지나서 역들의 통과 상황을 아이폰 앱으로 체크해 보니 이 기차는 우리가 원래 타기로 했던 사십 분 경과의 열차가 아니라 족히 두 시간은 걸리는 완행이었다. 시시콜콜한 시골 마을들을 남김없이 돌고 돌아 브레멘에 도착하는 기차였다. 이쯤서는 그냥 창밖 풍경이나 감상하며 시간의 경과를 기다리는 편이 현명한 법이었다.

이만하면 겪을 만큼 겪었으니 뭐가 더 있으랴 싶었다. 원래 도착 예정은 서너 시였는데 우린 저녁 일곱 시는 되어 도착했다. 이미 어두워진 저녁이었지만 호텔로 짐을 끌고 가며 얼핏 본 브레멘은 매력적이었고

호텔도 맘에 쏙 들었으므로 우리에게 남은 일이라곤 이제, 피로를 풀어
줄 포도주잔을 앞에 놓고 낮의 일들일랑은 모두 지나간 일로 안주 삼아
웃고 떠들 저녁 식사뿐이었다. 그러나 운명의 여신 옆에 붙어 다닐 것만

브레멘

같은 장난의 여신의 심술은 그날의 임무를 채 다 마친 것이 아니었다.

우리는 자리가 겨우 날까 말까 한 식당에서 겨우 출입구 바로 앞자리를 얻을 수 있었다. 이제야 한숨을 돌리며 나는 통째로 구운 한 마리 생선 요리를 시켰다. 그런데 받고 보니 예상과는 달리 그것은 꼬치 형태였다. 나는 한 마리 생선을 통째로 꼬치로 만든 줄로만 믿고 나이프로 잘라가며 먹기 시작했다. 절반 못 미치게 먹다가는 급기야, 쫄깃한 질감에 어딘가 익숙한 그 맛이 생선이 아닌 관자의 그것에 가까움을 깨닫고 나자, 먹기를 중단하고 웨이터를 불렀다.

웨이터들은 잠시 상의를 하더니 다시 와, 테이블을 헷갈려 죄송하다고 했다. 새로 내오겠다고 하면서, 내가 먹던 꼬치 요리의 처분 문제를 물어왔다. 나는 되물었다.

"내가 먹지 않겠다면요?"

"버리게 되어있죠."

그는 접시의 내용물을 쓰레기통에 비우는 시늉을 했다. 그러면서 내가 원하면 계속 먹을 수 있다고 덧붙였다. 나는 당연히, 아까운 음식을 왜 버리나 싶어 그냥 먹겠다고 했다.

덕분에 퍽 배부르게 먹었다. 그런데 나중에 그가 테이블에 올려놓은 계산서에는 문제의 꼬치 요리까지 낱낱이 계산되어 있었다. 어차피 버릴 음식이었으면서도 계산서에 넣은 게 혹시 실수인가 싶어 다시 그를 불렀다. 그러자 딱 자른 듯, 항변할 수 없는 답변이 돌아왔다. "독일에서는 그렇게들 하는데요."

잘 먹기는 했으되 약간 씁쓸했다.

이게 하루 동안에 벌어진 일들의 전부였고, 결과적으로 크게 잘못된 것은 없었다. 어찌 되었든 우리는 모든 난관을 뚫고 브레멘에 도착해 잘 먹은 이야기로 하루를 마감했다.

그날 아침에 뽑은 마르세유 카드는 달의 역방향이었다. 달의 상징 중 불안정함, 변화의 속성이 있는 대로 드러난 날이라 여겼다.

그런데 이번 샤를르빌에서의 액은 숙박의 문제다 보니 브레멘 때보다 더 현실적이다. 숙소 문제에 대한 스트레스와 수면 부족으로 인해 온종일 통증과 피로에 시달렸다. 엉치가 매우 아파 왔다. 아침에 휘 하고 넋이 나가버린 나머지, 거리극이라던가 곳곳에서 들려오는, 평소라면 마음을 잡아끌었을 음악들, 쇼핑거리들에 어지간히 무감각해져 버렸다. 더구나 주말의 인파까지 겹쳐 사람 많은 거리와 골목을 가로질러 가는 것 자체가 엄청나게 부대꼈다.

둘째 날 역시 이 축제 전체가 시장님의 명운을 걸기라도 한 듯 이전보다 활기를 띠어 보였다. 정각마다 작은 무대가 열리면서 샤를르마뉴 대제의 일대기를 기리는 인형극이 펼쳐지던, '에스남ESNAM' (국제 마리오네트 학교) 앞의 고장 난 시계탑도 이젠 싹 고쳐져 사람들을 끌어모으고 있었다.

주변에는 탐나는 인형들 지천이었다. 하지만 어차피 어떤 인형들은 축제 마지막 날엔 반값이 된다는 걸 알고 있기에, 지나가며 슬쩍 구경만 해두고 말았다. 이 와중에, 일주일 전 브레멘에서 이미 당나귀 개 고양이 수탉의 브레멘 악대 관련 아이템들을 쓸어 담고도 모자라 여기서도 여전히, 마분지와 실로 조립하여 움직이는 브레멘 음악대에 또 눈독을 들이고 있었다. 삶에 지치고 주인에게 버림받은 이 외인구단이 도둑을 물리치고 보물을 차지한다는 이야기가 건네주는 대리만족 때문인지.

광장과 거리 곳곳은 퍼포먼스들로 넘쳐난다.

| 고요를 뒤흔드는 악몽 |

　점심을 먹으러 갔다. 축제장에는 매번 철새처럼 도래하는 음식 천막들이 즐비하다. 그중 아프리카 요리 '비테쿠'를 파는 곳으로 들어간다. 비테쿠는 밥 위에 닭이나 양고기를 소스와 함께 얹어 먹는 일종의 덮밥이다. 흡사 닭볶음탕 같아 보이기도 한다.

　세네갈 풍 옷을 입은 흑인이 우리를 알아본다. 그에게 주문한다.

　"특히 다리 부분으로요."

　"이제 뭐 처음 보는 사이도 아니고 벌써 세 번째인데요."

　그는 이렇게 말하며 닭 다리들로만 골라 담고는 그 위에 소스를 후하게 얹어준다.

아프리카 요리 비테쿠

식사 후 쉬어갈 겸 에스파스 페스티발에서 커피를 앞에 놓고 잠시 앉아 있을라치면 벌들이 유난히 곁에 맴돈다. 아침에 뮈게(은방울꽃) 향의 향수를 뿌렸기 때문이다. 벌들은 나를 진짜 꽃으로 아는 것 같다.

이 자리에 은경 씨가 나타난다. 그녀는 아침의 맘고생 뒤 감기가 도진 나를 보더니, 오렌지를 생으로 짜서 파는 곳을 알려 주었다. 주환 씨에게는 챙겨온 생강 과자를 건네주고선 된장국 블록을 받았다. 주환 씨는 은경 씨와 같은 극단의 음향 감독이다. 같이 커피를 마시며 그는, 어떻게 현재의 극단에 들어오게 되었는지 말해주었다. 처음엔 아르바이트로 일을 맡았다가, 막상 한번 해 보니 다른 어떤 작업보다도 재미있어서, 일이 또 들어오기만을 기대하게 되었고 그러다 합류했다고 한다.

3시 공연에는 30분 전에 도착했다. 처음에 우리 앞에는 단 두 명의 노인만이 있었다. 앞줄 객석을 여유 있게 고를 수 있으리라 좋아했지만 잠시였다. 곧 노인들이 둘씩 셋씩 도착하여서는 먼저 도착한 이들에게 자연스레 말을 걸며 그대로 줄이 되어버렸는데, 그 인원이 헤아려 보니 무려 열둘이나 되었다. 우리나라에서도 줄 설 때 일행 것을 하나둘 정도는 맡아두지만 이런 경우는 처음이었다. 고단위 새치기였다. 그들의 언어는 국적을 알 수 없었다. 대략 동구권 같았다. 새치기 문제에선 인간은 어디나 똑같은가 싶었다.

교실을 배경으로 환멸의 주제를 그려보인 블랙코미디

　이윽고 입장하여 극에 빨려들면서부터는 줄서기에서의 불쾌감 따위
는 곧 잊어버렸다. 전대미문의 극이었다. '환멸'이란 개념을 시발점으로
한 미니멀한 블랙코미디로, 추상성과 실험성이 가관이었다. 프랑스 극
다웠다. 하이힐 뒤축에 날달걀을 넣고 깨뜨리지 않도록 아슬아슬하게
걷는 장면이 인상적이었다.

오늘은 기필코 잘 쉬어야만 한다. 여행의 피로가 아침의 숙소 사건과 맞물려 극으로 치달은 하루, 몸이 고되니 마음 또한 즐겁지 못하다. 이틀 밤 후면 옆 호텔로 이사해야 한다. 축제를 낀 여행임에도 도무지 한적하지 못하다. 감상을 저장할 사이도 없이 공연 찾아다니기 바쁘다.

하지만 아직도 9시 공연이 남아 있다. 곧 보러 나서야 한다.

저녁 9시. 살르 드 라 시타델.

여기에도 무척이나 일찍, 거의 한 시간의 여유를 두고 도착했다. 당연히 공연장은 아직 닫혀 있다. 그 앞에는 공터가 있어, 벤치에 앉아 기다리기로 한다. 어떤 커플이 우리처럼 일찍 도착했다가는 밥을 먹으러 가버렸다.

쓸쓸하니 아득한 풍경이다. 가로등 빛, 나뭇잎 스치는 소리, 인적이 없어 벌레 다니는 소리마저 들릴 듯하다. 추운 저녁 공기 속, 모든 게 멈추어 있다. 침묵을 수혈 중이다. 몇 방울 평온이 혈관으로 흘러든다. 오늘 처음 맛보는 고요다. 옆에서 케이는 문득 몇 마디 읊조린다.

빛으로 짠 거미줄을 두른 가로등
주변을 나는 어둠들을 다 잡았나?

이렇게 뇌까린 다음 스스로 약간 감탄한 듯 묻는다.

"어때?"

"오호! 대단한데!"

"그냥 이런 데 앉아 있으니 이런 구절이 떠올라."

"인형극 자꾸 보니 풍월을 읊게 되나 봐."

우리는 아늑한 저녁 빛 속에 감도는 영혼들과 접속되기라도 한 듯 앞을 응시하고 있지만, 보이지 않는 세계로의 밀월은 곧 중단된다. 불현듯 어떤 분이 말을 걸어왔기 때문이다.

비록 침묵은 깨졌지만 이 분도 고요한 영혼의 반열에 멈춰선 분이었으므로 우리는 다 같이 셋이서, 여전히 어떤 침묵의 줄 위를 걷는 기분이다.

벨기에에서 온 이 신사는 은퇴한 연금생활자였다. 그는 조용히 웃으며 이제는 정부가 그를 먹여 살린다고 했다. 벨기에의 복지에 부러운 기분이 들었다. 이분도 이 축제 애호가여서, 우리는 재작년에 본 극들을 같이 회상했다. 나는 벨기에 것을 하나 보았다며 열심히 떠들어대었는데 알고 보니 그것은 네덜란드 작품이었다. 이 공동화제 다음엔 서로의 나라에 대한 주제로 이동하여 벨기에 홍합 이야기 등을 이어갔다.

전혀 수다스럽지 않은 대화였으나 지루한 대기 시간을 단축하기엔 충분했다. 곧 줄을 서야 할 시간이 되었다.

이번 공연은 긴장 어린 장면들이 이어졌다. 배우들은 등장하자마자 도끼를 휘두르고 긴 막대를 휘휘 돌리는가 하면, 관객의 안경과 가방을 빼앗는 퍼포먼스도 벌였다. 또 중간에는 밀가루를 뿌리는 장면도 있었는데, 곧장 나를 향해 밀가루를 뿌릴 기세였다. 맨 앞줄에 앉은 게 아차 싶은 순간이었다. 양쪽으로 분할된 객석 사이의 복도처럼 긴 공간에서 전개되는 이 공연은 관객과 배우들의 거리가 아주 가까웠다. 또 이 극은 아크로바틱 한, 서커스에 가까운 배우들의 움직임이 꽤 아찔했다. 극을 보는 내내 조마조마했지만 조그마한 사고 하나 일어나지 않았다. 어지간히 숙련된 배우들의 몸동작들, 놀라웠다.

이 공연은 '어린 시절에 악몽과 고열에 시달렸던 한 조각가의 경험'을 바탕으로 만들어진 극이었다. 그래서 관객으로 하여금 그 불안한 정서를 공유하게 만들어야 했을 것이다. 이 극에는, 한 예술가의 심혼이 고통스러운 질병의 터널을 지나 세상에 나오는 과정이 감동적으로 묘사되어 있었다.

그러고 보면 어린 시절 우리가 끊임없이 도망치곤 했던 악몽이란 실은, 생생한 존재만이 겪는 창조적 혼돈인지도 모른다.

유년기의 세포분열

주인집 막내딸은 나와는 딴판이었다. 그녀는 당시의 내가 심신을 푹 담그고 있던 동화 따위엔 관심 없었다. 그저 하루빨리 초경을 겪어 어른이 되고 싶어 했다.

그때 우리 집은 한 번 폭삭 주저앉았다. 군인이었던 아버지는 서울로 올라오자마자 사기를 당했다. 부동산 투기 붐이 일기 직전이었다. 당시 전세금은 돈을 조금만 더 보태면 집을 살 수도 있는 금액이었다. 주인은 다세대 열 몇 세대의 전세금을 몽땅 들고 날라 종적이 묘연했다. 당시 등기의 개념이 그다지 장착되어 있지 않던 세입자들은 그대로 당했다. 우리는 상경한 지 몇 달 되지도 않아 셋집에서 쫓겨나다시피 하여, 한결 허름한 셋방을 구해 들어가야 했다.

그러나 이 와중에도 나는 동화책이나 붙들고 있을 뿐 별다른 현실감각이 없었다. 자기 안에 폐칩하여 지냈다. 부모의 고통이라던가 변해 가는 주변 상황에도 그럭저럭 무관심했다. 모든 재산을 친척에게 빼앗기고도 시름없이 노래나 부르던 밀라레파(티베트 밀교의 성자)처럼, 한적한 시간이면 소리 높여 혼자 노래를 부르곤 했다. 노래를 부르면 마음이 개운해졌다.

그러던 어느 날, 여느 때처럼 노래를 불렀는데 이번엔 저쪽 어딘가에서 일종의 답가처럼 또 하나의 노래가 들려오는 것이 아닌가? 그 아이였다. 이때가 우리의 첫 만남이었다. 몇 번을 그렇게 오페라 아리아를 주거니 받거니 하듯 노래를 부르다 우리는 친구가 되었다. 단짝이 되어 일 년 정도는 별 갈등 없이 오로지 즐겁게만 지냈다. 같이 먹고 자고 거닐었다.

그러다 일 년쯤 후 모든 게 달라진다. 각자의 다른 점이 서로를 깊이 찌르게 되었다. 내가 열한 살이 되었을 무렵, 불행의 포자들이 툭툭 터져 나왔다.

"어서 빨리 생리를 하게 해 주세요. 얼른 어른이 되고 싶어요." 어느 날엔가 우리 둘이 있을 때 그녀는 문득 무릎을 꿇더니 이런 기도를 했다. 왜 그런지 그녀는 한시바삐 어른이 되기를 갈망했다. 그 아이는 나로선 아직 알지 못하는, 가슴 찢기는 어른의 세계로 진입 중이었다. 떨리고 흥분되는 어른의 나라, 그 문턱에 한사코 다가서려 애쓰는 동시에 그녀는 아직 무력한 어린아이에 불과한 나를 학대하기 시작했다. 어떨 때는 어른들의 성행위를 연습한다며 나를 올라타기도 했다.

언젠가부터 그 아이는 달라져 버렸다. 이전의 다정하고 친절한 친구가 아니라 기묘하게 공격적인 라이벌로 변해 있었다. 그 무엇이든 자기와 나를 비교하여 우월을 가려내려 했고, 그 결과를 번번이 제삼자 앞에서 승인받으려 했다. 특히 나의 부모나 오빠들로 하여금 "희주는 무엇무엇도 할 줄 안다더라. 너보다 낫더라." 소리가 나오게 만들고야 말았다.

그 태도는 종종 아이의 일상적인 심술궂음을 넘어갔다. 그래 봤자 어린아이의 모략이나 보복이 별 대수랴 싶겠지만, 이 무렵의 청소년기에는 이따금 섬뜩하기조차 한 기묘한 광기가 이상한 방식으로 표출되는 수도 있는 법이다.

내 친구 희주는 자신이 더는 가지고 놀지 않는 인형을 버릴 때면 멀쩡한 팔다리를 다 뜯어내곤 했다. 왜 그렇게까지 하느냐고 물으면, "내게 더 이상 필요치 않아졌대도 남이 주워 갖는 건 싫어."라고 답했다.

나도 마찬가지의 마음이지만, 그렇다고 한때 아끼던 것을 파괴하다니, 손이 쉽게 가는 일은 아니었다.

그런가 하면 이웃의 누군가가 자기 아이를 봐 달라고 부탁한 적이 있었다. 희주는 상냥하게 웃으며 부탁을 받아들였다. 그리고 곧 우리끼리만 있게 되자 갑자기 아이를 쥐어박는 것이었다. 게다가 "내가 때리더라고 일러만 봐!"라고 윽박지르며 엄포를 놓기까지 했다. 나는 어찌할 바를 모르고 멍해졌다. 아이 엄마에게 사실대로 이야기해봤자 '설마 그럴 리가!'라고 생각할 분위기였다. 희주는 포커페이스였다. 아이 엄마 앞에서는 아이를 귀여워하는 척했다. 나는 이 친구가 정말 사람 같아 보이지 않았다.

그런 아이가 내 친구로 있었다.

이틀 동안 본 공연의 기법은 하나같이 혁신적이었다. 몇 년 사이 인형극의 수준이 전반적으로 업그레이드된 건가 싶을 만큼 훌륭했다. 계속 기대된다.

이제 잠들기 직전이다. 인스턴트 시래기 된장국 블록에 뜨거운 물을 부어 훌훌 마시니 속이 지져지면서 행복하다. 새삼 내가 우리나라에서 이렇게 맛난 걸 먹고살았었나 싶다.

이 호텔은 전기 포트가 있어 이렇게 차나 국 수프 따위를 마실 수 있다. 하지만 곧, 좀 더 설비가 후진 호텔로 가야 한다. 근영 씨는 호호 웃으며 "열악한 우리 호텔 한 번 체험해 보세요."라고 했다. 고생하고 나서 다시 여기로 오면 여기가 훨씬 아늑하게 여겨지려나?

오늘이 다 저물었다. 아까 공원에서 우리에게 말을 걸어주었던 할아버지도 지금쯤은 시내의 호텔에서 편히 주무시고 있을 것이다. 고단한 하루였다. 내일은 내일의 태양, 굿 나이트!

극단 Les Anges au Plafond의 작품 'White Dog' 중 로맹 가리와 진 세버그 인형

셋째 날

광대 역방향 (LE MAT inversé)

그러자 둘레의 언덕 멀리서 메아리가,
"누구야, 앞에 가는 건? 누구야,
앞에 가는 건? 누구야, 앞에 가는 건⋯⋯."
하고 되풀이했습니다.

| 천장 속의 천사들 |

오후 2시.

오전에는 '레 장주 오 플라퐁Les Anges au Plafond'(천장 속의 천사들) 극단의 '레 맹 드 카미유Les mains de Camille'(카미유의 손)★를 보았다. 칭송할 말을 찾기가 무색할 정도였다. 제목처럼 카미유 클로델의 일대기를 소재로 삼고 있는데 영화보다도 드라마틱했다. 이 극을 형용하는 말로는 '완벽하다'는 표현이야말로 완벽하다. 프랑스 인형극에 한 번 더 경탄했다. 어제 낮에 본 블랙코미디가 실험과 장치를 통한 지성적 놀이였다면, 이 극은 정서적 호소력이 강했다.

반원형 소극장을 충분히 살린 공간 활용도 돋보였다. 극 중 작은 에피소드들, 이를테면 동네 주민들이 카미유를 두고 수군덕대는 장면은, 관객이 위치한 무대 뒤편에 설치된 커다란 부채꼴이 펼쳐지면서 그 안에서 인형들이 등장하여 대화가 오간 다음 다시 부챗살이 닫히는 식으로 연출되었다.

또 무대 가운데 설치된 여러 개의 패널은, 펼쳐지면 초록색 풀밭으로

★ https://youtu.be/pQ0NtaeghDY
  Les Anges au Plafond - Teaser Les Mains de Camille (création 2012).

변하여 바람에 펄럭이다가, 다시 사각으로 조립되면 카미유의 아틀리에로 기능하기도 했다. 이 아틀리에에서 카미유가(실제로는 카미유 역할의 인형이) 조각상을 빚는 장면에선, 여배우가 자신의 등을 드러내어 조각상 오브제 역할을 했다. 인형이 인간의 역할을, 살아 있는 사람의 몸이 조형물 역할을 하는 이 뒤바뀐 광경이 묘한 느낌으로 다가왔다. 여배우가 드러낸 등의 잔 근육은 마치 살아 있는 조각처럼 보이기도 했다.

극 전체에서 정서적인 클라이맥스는, 요양소에 유폐된 카미유가 동생 폴 클로델에게 보내는 편지들이 하나같이 미발송 처리되는 부분이었다. 이 장면은, 천장부터 바닥까지 비스듬히 걸쳐진 커다란 흰 천 위에 '논 엑스페디에non expédié(부쳐지지 않음)'라는 붉은 글자들이 전사되어 계속하여 쿡쿡 찍히며 흘러가다 종국엔, 붉은 잉크 먹물이 확 번져 흩뿌려지며 끝났다. 이런 효과는, 카미유가 자신에게 가장 가깝고 유일한 존재인 동생 폴에게 보내는 구조요청 시도가 번번이 차단되는 좌절감에 극점을 찍었다.

극의 음향으로는, 비통한 허밍과 드라마틱한 멜로디의 노래 그리고 첼로의 선율이 가로질러 갔다. 이번 해에는 첼로 라이브가 트렌드인가 싶다. 어제 벨기에 극에서도 그러했다. 첼로의 음은 마리오네트 극과 잘 어우러지며 고스란히 심혼을 건드린다.

극장을 나와서도 여운이 길었다. 이 여운의 자락을, 뫼즈강에 걸쳐진 '랭보 다리' 위로 천천히 끌며 건너가고 있을 때였다. 다리 저 아래로, 강

'카미유의 손'의. 종이를 섬세하게 구겨 만든 인형

가에 주차된 어느 극단 캠핑카 입구에 온통 새하얀 고양이가 보였다. 거기로 내려가고 싶다고 생각한 바로 그 순간, 누군가가 말을 걸어왔다. "조금만 시간을 내어주시겠어요?"

"조금만 시간을 내어주시겠어요?"

그녀가 이 말을 걸어오기 전까지 나는, 요양원에서 남은 평생을 보내야 했던 카미유 클로델의 일대기로부터 헤어 나오지 못하고 있었다.

당대에 드문 천재성으로 역사에 각인된 하나의 샘플 같은 여성의 삶을 접할 때마다, 그 시대에 비해 별 나아진 것이 없어 보이는 지금 사회 속 여성의 삶을 돌아보게 된다. 근대 이후 과거 시대의 치렁치렁 기다랬던 스커트 길이가 짧아지고, 참정권이 생기고 남성과 동등한 교육을 받으며 다양한 직업 분야에 진출하게 되었으며 여성의 자기표현이 확대되었다고는 하지만, 이러한 진전에도 불구하고 여성의 지위는 그 바탕부터 여전히 답답하다.

이런 상념은 나의 유년기 체험의 조각들과 맞물려 진행된다. 카미유 클로델은 어쨌거나 사랑을 했다고 치고, 21세기의 나는 지금에 이르러 성장기의 힘겨운 기억을 조명한다. 성적으로 착취되기 쉬운 상황에 노출된 채 살아가는 여성의 지위를 처음으로 각인하게 되었던, 어린 날의 험난한 파편들을.

  12살 때의 일이었다.

  그보다 먼저 11살로 돌아간다. 11살, 이 시기가 바로 친구가 가학적으로 변한 시점과 일치하는데, 가학적인 사건은 그거 하나만이 아니었다. 이 시기의 나는 생애 전체에서도 최악이라 할 수 있다. 하지만 이 무렵 겪은 사건을 모조리 다 언급할 수는 없다. 아직도 살아 있으면서 내게 영향을 주는 여럿과 관계되어 있어 자유로이 말을 뗄 수가 없다.

우선 이때 나는 한 명의 히스테릭한 여자 담임선생과 얽혀 썩 고약한 날들을 보내야 했다. 처음으로 등교 거부 감정이 일어났으며, 명백히 죽고 싶었다.

치맛바람이 유독 심한 학교였다. 그렇다는 사실을, 학부모, 교사들, 학생들 그 모두가 알고 있었다.

반장 임명은 일 년에 두 번 있었다. 2학기 때 누가 반장을 하게 되리라는 것은 모두의 기정사실이었다. 선생님이 내정한 어떤 아이였다. 그 아이는 언제 어떤 상황에서도 주목받곤 했다. 과장해 말하면 반 구성원 전체가 이 한 아이의 들러리인 것처럼, 그 아이는 대놓고 기회와 칭찬의 대상이 되어있었다. 이런 일이 어떻게 가능한가 싶지만, 치맛바람이 일으키는 현실에 놓여 있던 이라면 어느 정도 짐작할 수 있을 것이다. 그 아이는 우리 반에서 가장 부유한 집 아이였다.

그런데 이렇게 정해진 것처럼 돌아가던 날들에 그만 변수가 생겼다. 학교 방침이 바뀌어 그 가을 2학기부터 반장 선출은 선거를 통하게 되었다. 아이들 세계에 이루어진 최초의 민주주의 도입이었다.

나는 어쩌다 후보가 되었는지 모른다. 그리고 뽑혀버렸다. 대다수의 지지를 얻은 정도가 아니라, 그 교실의 4명 정도를 빼고는 모두 나를 찍었다. 그리하여 내가 반장, 현우라는 남자애가 부반장이 되었다.

물릴 용기 그리고 자리를 무른다는 개념조차 없던 나는 그대로 반장이 되고 말았고, 결과 그 한 학기는 끔찍이 길었다.

그것은 내게 어울리지 않는 자리였다. 더군다나 다른 아이가 선생님 마음에 내정되었음을 모두가 알고 있는 구도에서, 나는 잘못 끼워 맞춰져 거기 있게 된, 안 맞는 퍼즐 조각 같았다.

마비와 공황이 왔다. 내가 못 받아들인 채 그냥 거기 있을 수밖에 없어서 있게 되었던 그 현실에 대한 부조리한 압박감은 나를 뚫고 증상으로 올라왔다. 아침마다 학교에 가기 싫었다. 그뿐 아니라 매번 토요일이 다가오는 건 공포였다. 토요일에는 내가 직접 학급 회의를 주관해야 했는데, 본 회의에 들어가기에 앞서 요식으로 해야 하는 '국기에 대한 맹세'를 시도할 때마다, 눈앞이 하얘져 문구가 당최 떠오르지 않았다. "나는 자랑스러운 태극기 앞에 조국과 민족의 역사적 발전을 위하여……." 어느 시점부터 엉키기 시작하여 거듭거듭 다시 처음으로 되돌아가야 했다. 평소엔 문제없이 저절로 떠오르던 그 구절이 그 순간에만 지워져 버렸다. 한 번 이러고 나니 매주 그 시간을 두고 마음에 브레이크가 걸려 버렸다. 토요일이 다가옴에 따라 심장이 두근두근해졌다.

월요일 아침도 문제였다. 반장으로서 나는 우리 학급 줄의 선두에 서 있다가 조회가 끝나면 클래식 풍의 행진곡에 맞추어, 정해진 퇴장 순서와 방법에 따라 어떤 줄의 끝을 요령 있게 따라가야 했건만, 여기서도 공황이 왔다.

그때 그 순간들을 어떻게 참아 넘기곤 했는지, 기억이 아예 지워져 꿈속에도 나오지 않는다. 세상에 태어나 겪는 시간을 두고, 나에게 우호적인 시간과 그렇지 않은 시간, 나를 위해주거나 눈감아주는 시간과 대놓고 나를 뭉개는 시간으로 나누어 본다면 그 시간은 온통 후자의 것이었다.

그리고 무엇보다 나는 선생의 공공연한 무시를 받았다. 선생님은 잠시 자리를 비워야 할 때면, 내게 학급 통솔권을 적절히 위임해주는 대신에 아이들 앞에서 보기 좋게 나무라듯 겁을 주었다. 그녀의 말은 폭력적이어서 잊히지 않는다. "너, 애들 조용히 시키지 못하면 네가 혼 날 줄 알아." 이 말은 마치 나를 혼내기 위한 빌미로 아이들을 끼어 들인다는 것처럼 들렸다. 가슴에 쐐기나 대못이 박히는 것 같았다.

그런가 하면 걸레가 꽝꽝 얼어붙는 한겨울엔, 엄연한 당번이 있음에도 불구하고 내게, 걸레들을 찬물에 모조리 빨아놓으라고 시켰다.

그 학기를 '나는 없다' 생각하고 참았다. 어차피 6학년이 될 때까지만 견디면 끝나는 상황이라 여기며 남은 날들을 빼 가는 셈을 했다. 그리고 드디어 그 학년 끝, 오지 않을 것 같았던 해방의 날이 왔다.

5학년 때 일을 경험 삼아, 6학년 선거에선 달리 행동했다. 나를 포함 서너' 명의 후보가 정해진 시점에서 이번에는 내가 자발적으로 기권을 선언했다. 영문을 모르는 담임은 이 일화를 나중에 내 부모님에게 들려주면서, 도무지 권력욕이라곤 없는 마음 넓은 아이로 나를 추워 세웠다. 아이들 앞에서 칭찬한 건 말할 것도 없다.

6학년 담임은 유머러스하고 말재간도 좋아서 수업을 활기차게 끌고 갔다.

이런 새 환경 속에서 나는 이제야 안도감과 평화를 찾은 듯도 했으나, 여기에도 덫이 기다리고 있었다.

랭보 다리 위에서 내려다본 숲속 야외무대

"조금만 시간을 내어주시겠어요?"

곱슬머리에 안경을 낀 그녀가 거기 서 있었다. '아르드네Ardennais'
신문의 기자였다. 아르드네 지紙는 강원일보, 충청일보와도 같은, 여기

'아르덴Ardennes'지방의 지역 신문이다. 이 기자는 먼 나라에서 온 관객을 인터뷰하는 참이라고 했다. 국적, 나이, 직업 등의 인적 사항부터 인형극에 관심 가지게 된 계기, 우리나라 관객이 여기에 얼마나 많은지, 여기 오기까지의 교통수단, 이 페스티벌을 처음에 어떻게 알게 되었는지, 여기서 관극 외에 관광으로의 소일거리들은 무언지 등을 묻고 답한 뒤 사진을 찍었다. 그녀는 화요일쯤 기사가 나올 거라며 인터넷상의 기사 검색 사이트를 알려주었다.

그녀와 헤어져 걸으며 방금 내게 일어난 일을 헤아려 보았다. 어쩌다 내가 인터뷰까지 하게 되었나?

나는 한 평범한 관객에 불과하다. 그런데 극단이나 인형 제작 관계자가 아닌 순전히 관객으로서의 한국인은 여기서 본 적이 없다. 이랬다는 걸 이때 이르러서야 깨달았다. 인형극 축제는 만화나 영화 축제보다는 훨씬 덜 알려져 있다. 이는 아마도, 우리나라에서는 인형극이라고 하면 아이들만을 위한 연극 같은 통념이 있기 때문이기도 할 것이다. 서구 유럽에서는 전 연령대가 광범위하게 인형극을 즐긴다. 프로그램엔 어린이 이용 성인용 청소년 이상 등으로 권장 연령대가 제시되지만, 이것은 참고용이고 실제로는 그 경계가 그렇게 뚜렷하지 않다. 또 다른 표현으로 오브제 극이라 불리기도 하는 이 인형극 세계의 경계는 넓다.

하지만 여기 유럽인에게조차 여타 축제에 비하면 상대적으로 덜 알려진 이 축제에 웬 한국인이 휘젓고 돌아다니는 것만도 어쩌면 기삿거리가 될 법했나 보다 하는 생각이 처음으로 들었다.

인터뷰를 마치자마자 나는 못 참겠다는 듯 다리 밑으로 내려가 아까 그 온통 하얀 고양이를 만나고야 말았다. 그런 다음 우리는 다시 다리로 올라가, 아까 인터뷰의 여운을 곱씹으며 다리를 건넜다.

다리를 건너 신호등을 건너 계속 걸으면 원래는 네팔 옷 파는 아저씨의 가게가 나오기로 되어있다. 지난번에 왔을 때 그는 다음번엔 자기 집에서 묵어가라고 했었는데, 이제는 그 가게가 다른 신발 가게로 바뀌어 있다. 무슨 일이 생겨 이사 갔을까? 여기에 거듭 오다 보니 어느새 이렇게 안부가 궁금해지는 주민도 생긴다.

랭보 다리에 매달린 병 오브제

오후 3시.

이제 극이 시작되려고 한다. 맨 앞에 앉았다. 계단식 객석에서 가끔 그렇듯 맨 첫 줄은, 의자는 높은데 발을 받쳐주는 단이 없어, 발이 땅에 닿지 않는다. 서양인의 체형에 맞게 설계된 것이니 그렇다. 하지만 그래도 등받이가, 지친 허리를 위로해준다.

이 극은 실망스러웠다. 보기 전에는 현대무용과 서커스가 어우러진다는 설명에 기대감이 있었지만, 정작 서커스를 연상시키는 요소라곤 마네킹 머리 몇 개로 저글링을 한 것이 전부였다.

하필이면 11시 작품이 최상이었기에, 더욱더 감흥이 바닥을 뒹굴었다. 그래도 관객들로부터 커튼콜을 세 번이나 받다니, 예의 바르다 못해 관대한 관객들인가 싶었다. 이들은 이 극으로부터, 내가 미처 발견하지 못한 어떤 미학을 읽어내기라도 한 걸까? 이 박수들은 진심일까? 하지만 그들은 정말 이 극을 괜찮다고 여기는지도 몰랐다. 여하튼 나로서는 작위적인 박수가 되고 마는 손바닥의 마주침을 그쯤에서 그만두고 싶어 얼른 극장을 빠져나왔다.

올림푸스 홀을 떠나 랭보 다리에 이르기까지 계속 투덜대다가, 다리 아래 강변에 돗자리를 펴고 누워 쉬자 곧 마음이 진정되었다. 다리를 뻗고 누우니 좀 전의 관극 후유증이 누그러지며 이윽고 오후의 평온이 찾아왔다. 근처 강 한 편에서는 몇몇 청년이 모여 자기들끼리 악기 연주를

즐겼고, 또 몇몇은 낚시를 드리웠다. 작은 유람선이 오갔고, 고요라는 이름의 새 말고는 번다한 날개를 펼치는 그 어떤 새도 없었다. 돗자리를 통해서 등으로 바닥의 한기가 조금 올라왔지만, 그런대로 쾌적했다. 이렇게 바닥에 늘어져서는, 둥글둥글한 나뭇잎들과 산들산들 늘어진 버들잎들을 보니 이들이 마치 휴식의 전령들 같았다. 구름이 성성했으나 어디까지나 상쾌했다. 단지, 오래 머물기에는 곧 다리 긴 벌레들이 침입하였으므로 머지않아 자리를 떠야 했다.

| 가장 좋아하는 꿈들의 기원 |

　이어 뒤칼 광장을 가로지르고 상점 쇼윈도들을 기웃거리며 골목들
을 통과했다. 거리마다 구경거리들이 넘쳐 나서는, 시간에 쫓겨 당장
둘러보지 못할 형편일수록, 하다못해 중고 의류마저도 죄다 반짝여 보
였다. 그러나 정작 여유가 생겨 작정하고 다시 가 보면 그것들은 처음
의 광채가 사라진 듯 더는 마음을 끌지 못했다. 이런 것도 축제의 신기

루였을까?

오늘의 점심은 트럭에서 파는 감자 칩과 콜라로 때웠다. 하지만 '때웠
다'라는 표현이 미안할 정도로 썩 맛있는 감자 칩이었다. 이 트럭을 애
용하게 될 거다.

그리고선 곧장, 아까 살짝 아쉬움이 남았던 돗자리의 시간을 보충하
듯, '오후의 휴식'이라는 그림을 마저 완성하기 위한 것인 양, 찻집으로
향했다. 상점들로 즐비한 큰길 중간에서 하나의 가느다란 골목으로 접
어들면 수공예품과 가방 파는 가게들이 나오고, 여기를 통과하여 깊이
들어간 구석 모서리에는 찻집 '살롱 슈테르Salon Sutter'가 그럴싸하게
앉아 있다.

이 찻집에서, 사과와 라임 소르베, 홍차 그리고 프럴린이 들어간 지나
치게 단 과자를 주문했다. 지나치게 단 과자라 명명한 만큼, 이 과자를
아마도 자주 먹지는 않게 될 거다.

뭐니 뭐니 해도 이 카페의 미덕은 꾸미지 않은 꾸밈새에 있다. 구석마
다 정겨움이 깃들어, 마치 일반 가정의 이런저런 다양한 공간들 속에 있
는 것만 같다. 2층 한쪽에선 구제 옷들을 팔고, 다른 쪽엔 꼬마들의 놀이
방이 있다. 벽에 붙은 카페 사용 설명서를 참조하면, 여기 살롱은 아이
들의 파티 장소가 되는가 하면 매주 금요일에는 서로의 노하우를 나누
는 뜨개 살롱으로도 변신한다.

고객들의 좌석은 주로 2층에 놓여 있는데, 이 자리들에는 일체의 통일성이 배제되어 있다. 의자와 테이블의 소재와 용도가 자리마다 달라서 그때그때 기분에 따라 누릴 수 있다. 창가의 나무 의자에서 조용히 밖을 보며 차를 마실 수도 있고, 더 편히 쉬고 싶은 날에는, 살롱 깊숙이 놓인 낮고 넓은 테이블에 아이스크림을 올려놓고서 대단히 푹신한 소파에 몸을 묻어, 지구 속 한가운데서 끌어당기는 힘에 빨려들듯 완전한 심연으로 가라앉을 수도 있다. 바로 오늘처럼, 아주 피로한 날에는 말이다.

케이는 그 다디단 프럴린 과자를 자신이 골라놓고도 막상 한 입 이상은 먹지 않았다. 대신 내가 크림 부분만 발라 먹었다. 홍차 한 모금으로 입을 가시고 나니 어쨌든 그 단맛 덕에 피로가 꽤 가셔지기는 했다.

쉴 만큼 쉰 후, 흡입력 강한 소파를 그만 벗어나 에스파스 페스티발로 갔다. 가는 동안 우리는 인형극 관람 마일리지와 더불어 쌓여가는 견식을 서로 확인이라도 하듯, 극장과 무대의 규모와 배치에 대해 논했다. 어떤 극장에 올려지는가를 보면 극의 성격까지도 예측할 수 있다는 등의 아주 당연한 결론을, 마치 새로운 발견이라도 되는 양 지껄여댔다.

장치가 많은 극은 그만큼 그런 설비를 뒷받침해 줄 극장과 무대가 필요하고, 인형의 크기와 시야 확보의 문제는 무대의 높낮이를 결정한다. 어떤 극은 관객의 시선을 일정 반경 안에 잡아두는가 하면, 이와는 달리 거의 극장 전체로 시선을 이동시키는 극도 있다.

에스파스 페스티발에 들렀다가 또 주환 씨를 마주쳐 서로 감상평을 주고받았다. 이전 연도보다 작품들의 질이 크게 상승했다고 입을 모았다. 어쩌면 근 초반 3일 동안 본 극들이 우연히 유별난 수작秀作인지도 모른다. 곧 진실은 확인되리라. 주환 씨는 이 페스티발에 몇 번 왔던 참이라 이제는 그만 올까도 싶었는데 바로 그러려는 시점에 축제가 업그레이드되었다고 말했다.

그는 내게 그 훌륭한 된장국 블록을 좀 더 주기로 했다.

그런데 대화를 실컷 나눌 겨를도 없이 다음 공연을 보러 가야 했다. 샤를르빌 메지에르 극장은 꽤 큰 극장이어서 주로 규모가 큰 작품들이 올려진다. 도착해 보니 이미 인파가 구름 떼였다. 오늘 저녁은 인기 높은 두다 파이바의 무대이다. 이 극에서는 올림푸스의 주요 신들이 희화화된, 그리스 신화의 새로운 버전을 감상했다.

숙소에 돌아와 씻자마자 피로가 몰려왔다. 일찍 잠자리에 들면서, 여기서 마주치는 사람마다 내게 물어왔던 질문 하나가 떠올랐다. "인형극에는 어떻게 관심을 가져 여기까지 오게 되었나요?"

정말 내가 어떻게 여기 있게 되었더라?……. 잠으로 가는 기차가 출발하면서 기억을 더듬어 보았으나 잘 떠오르지 않았다.

그런데 짚어가면, 무엇보다도, 인형을 좋아하지 않는 아이가 있을까? '우리 생애의 태초에는 인형이 있었다.'라고 말할 수 있을 만큼 아이들에게 인형은 본능이다. 아이에게 인형의 존재란 엄마를 대신하다가, 나

아가 또 다른 나의 반영처럼 기능한다.

정작 내 유년기를 통틀어서는 인형극을 전혀 보지 못했다. 구체적으로 처음 인형극을 알게 된 계기는 '인형 놀음장이 폴레'라는 동화를 읽고서였다. 어린 날에 입고 싶었으나 그래 보지 못한 색동저고리에 대한 여한처럼, 우연히 동화책에서 본 인형극은 내가 접해본 적 없는 장르에 대해 한껏 몽롱한 아우라를 안겨 주었다. 이야기 속 소년 폴레는 마을마다 돌아다니는 유랑 인형극단 가족의 딸과 가까워졌다가 곧장 헤어져 세월이 지나 재회한다. 그들의 이야기가 내 가슴을 애틋한 몽환으로 꽉 채웠었다. 분위기가 하도 아련하고 다정하여, 이 이야기 속에 등장하는 인형 '카스퍼를'이 오랜 친구나 영웅의 이름처럼 여겨졌었다.

그 이후엔 무엇이 나를 여기로 서서히 이끌었는지……. 그토록 꿈은

오래도록 조금씩 우리를 채근해 왔기에, 좋아하는 것들의 기원이 대번에 썩 잘 짚어지지 않는 경우가 있다. 그래서인지 가장 좋아하는 것들의 기억이 때론 좀 희미하다.

　　반딧불을 쫓고 또 쫓아 얼마나 길게 왔는지조차 헤아리지도 못하는
사이, 나도 모르게 여기에 와 있다. 모든 고향을 찾아가는 길 또한 그러
했으면.

넷째 날
절제(TEMPERANCE)

피노키오는 이렇게 슬피 울면서 머리털을 쥐어뜯으려고 했습니다.
그러나 피노키오의 머리털은 나무였기 때문에
마음속이 후련해지도록 머리털을 뜯을 수가 없었습니다.

| 변수들의 향연 |

아침 안개와 더불어 날씨가 급 호전되어 이제는 덥기까지 하다. 그럼에도 나는 아직 파카를 입고 있다.

이번 여행 내내 아침마다 마르세유 타로카드를 뽑아왔다. 이번 여행은 '마르세유 카드와 함께 하는 여행'이다. 평소에도 자고 일어나자마자 늘 하는 일이지만 이번엔 특히 여행과 더불어 달라지는 운세의 면면들이 궁금했다.

그렇게 몇 주 다녀보니 여행 중에는 카드의 결과들이 더욱더 선명했다. 아무래도 여행 중에는, 매일의 날들이 거기서 거기인 일상보다는 더 버라이어티한 사건들이 끼어들어 짜임새를 만들기 때문이리라. 도처에서 미지의 변수들이 튀어나와 여러 가지 작은 액운이 하루에 닥쳤던 브레멘행의 그날처럼. 운의 흐름을 미리 읽는 일은 내가 겪는 현상들에 심리적 거리를 만들어 다소간 평온을 준다. 카드를 애용하는 까닭이다.

내가 카드를 뽑고 있자면 여행 메이트 케이도 옆에서 하나씩 뽑는다. 그는 중얼거린다. "더 좋은 카드가 나온 쪽의 운에 묻어가기로 하는 거야."

카드 운 묻어가기도 언제나 유용하지는 않다. 둘 다 변변찮은 카드가 나올 때도 있고, 같은 상황이라도 누군가에게는 즐거움이 되고 다른 누군가에는 피로로 작용하기도 하니까.

날씨와 더불어 다른 것도 정리되었다. 아침 10시경, 옆 호텔로의 이사는 순조롭게 진행되었다. 한 번 더 짐을 쌌다 풀어야 하므로 조금 번거로웠지마는.

옆 호텔은 불과 50미터쯤 떨어져 있다. 입구에는 커다란 글씨로 '62E'(62유로)라고 적힌 팻말이 보인다. 가격의 저렴함을 강조하는 것이다. 게다 이 호텔은 주말 가격도 같아서, 여기 묵으면 숙박비가 꽤 아껴지기는 한다. 단지 불편함만 좀 참는다면.

바로 그 '프르미에르 클라스Première Classe'(퍼스트 클래스)라는 이름과는 상반되게도, 새 숙소는 모든 규격이 축소되어 있어, 마치 이전 호텔의 난쟁이 버전 같다. 정확히는, 여기로 옴으로써 아껴진 하루 20유로만큼씩 줄어들어 있다. 딱 그만큼씩 방도 창문도 작다. 그리고 방마다 하나씩의 전기 포트를 대신하듯, 현관 입구에 커피 자판기가 하나 서 있다.

무엇보다 가장 불편한 것은, 손만 겨우 씻을 수 있을 뿐 세수조차 하기 힘든 세면대와 좁디좁은 샤워 공간이다. 샤워 커튼이란 건 실제로는 있으나 마나였다. 근영 씨 말대로, 샤워 커튼을 제쳐놓고 그냥 화장실 전체를 샤워실로 활용해야 한다.

하지만 앞으로 닥칠 무슨 일에 대해 미리 들어놓으면, 막상 맞닥뜨렸을 때 좋은 쪽으로든 나쁜 쪽으로든 '생각보다 그렇게까지는 아니다'라는 효과를 얻는다. 그래도 생각만큼 불편하지 않았다. 어쨌든 나로서는 여행에서, 남아도는 쾌적함이란 필수가 아니다. 최소한 물로 씻을 수만 있으면 된다. 나는 숙소에 투자하는 것을 그다지 좋아하지 않는다. 지나치게 좋은 숙소는 오히려 여행을 방해한다고 믿는다. 쾌적한 실내, 푹신한 침구들은 바깥을 탐험하려는 욕구를 흡수해 버리고 말 수도 있다.

이사를 마치고는 숙소를 나와 햇빛을 따라 걸었다. 몇 발짝 걷지 않아 곧 허기가 느껴졌다. 반찬가게와 빵 가게에서 샐러드 세 종류와 소시지가 든 크루아상을 사서는 에스파스 페스티발로 가서 트로피컬 주스와 곁들여 먹었다.

행사장 음식인 프리카세를 먹을 작정이었지만, 이 코너의 배가 후덕한 아저씨들은 몸놀림이 어쩐지 굼뜨던지, 감자가 어느 세월에 익을지 묘연했다. 양파까지 다 볶아지려면 최소 30분은 더 필요해 보였다. 그래서 접어야 했다.

가게에서 공수해 온 샐러드는 훌륭했다. 특히 신선한 청어 샐러드가 맘에 들었다. 단지, 달콤한 트로피컬 주스에는 자꾸만 벌들이 날아들었다. 벌들은 내 주스뿐 아니라 이 공간의 모든 달콤한 음식들에 달려들어 여기저기 난무하고 있었다.

다 먹고선 퍼펫 바에서 커피를 사 마셨다. 친절한 운영자들은, 내가

커피잔의 뜨거운 부분을 잡지 않도록 걱정해 주었다. 더불어 '오늘의 배'도 받았다.

우리가 짠 열흘 치의 축제 관람 시간표에선 공연을 대체로 앞날들로 몰아놓았다. 따라서 날이 흐를수록 점점 더 한가해지게끔 구성되어 있다. 앞날들일수록 분주해서, 하루에 세 개 정도의 공연을 보러 다닐라 치면 중간에 밥 먹고 커피 마시는 시간조차 충분치 않다. 지금 같은 망중한의 와중에도 와이파이가 연결되는 에스파스 페스티발에 오면, 놓

칠세라 친구의 카톡을 확인하곤 한다.

이 스마트폰 사용과 관계하여서는 여행 초반에 일이 좀 꼬여버렸다. 원래는 유럽 전역에서 통화와 인터넷이 다 되는 사양을 택하려 했었다. 우리가 파리 북역 근처 가게에 들렀을 때 주인아저씨는 대뜸 '레브라 Lebra'의 유심 카드를 꺼내 올려놓았다. "이거면 될 거요."

유심 카드의 구체적 사양을 물어 파악하기도 전에 웬 여자 고객이 들

어왔다. 그녀는 여기서 사간 케이블을 두고 클레임을 걸었다. 아저씨로
선 자기는 판매만 했으니 만든 회사에 물어보라 했고, 여자는 "어쨌든
당신이 판매했으니 뭐라도 조치해 줘야 하는 게 아니냐?"라고 따졌다.
아저씨는 고객의 과오로 인해 케이블이 망가진 거라 단정했고 여자는
여자대로 자기는 망가뜨릴 만한 어떤 짓도 하지 않았다고 대꾸했다. 점
점 분위기는 험악해져 갔다.

"뭐 이딴 경우가 다 있어!"

"이 망해 먹을 여자, 정말 안 되겠네!"

옆에서 지켜보던 나는 그들의 팽팽한 다툼에 얼이 쏙 빠져 버렸다.

여자가 퇴장하고 나자 아저씨는 "이걸로 하시겠어요?"라고 하더니
나의 답을 기다리지도 않고 곧장 유심을 핸드폰에 장착해 버렸다. 순식
간의 일이었다.

그제야 나는 진즉 했으면 좋았을 질문을 바보같이 중얼거렸다. "이
거, 인터넷이랑 다 되는 건가요?"

"진작 얘기하지 그랬어요!"

"......"

이렇게 된 것이다. 그 심은 통화만 되는 거였다. 결국에 나는 와이파
이가 되는 곳에서만 잠깐씩 인터넷을 쓸 수 있다. 덕분에 통신비가 아껴
지기는 한다.

행사장 음식 프리카세를 만들어 파는 코너

내가 오늘의 배를 먹고 커피를 다 마신 즈음에야 프리카세가 완성되
어 가고 있었다. 동작이 굼뜬 아저씨들을 대신하여 아주머니 한 분이 뛰
어들어 좌중을 지휘하여 재빨리 감자를 볶은 것이다. 아주머니는 우렁
차게 주걱을 휘저었다. 감자 조각들은 그녀의 날렵하고 야무진 손길이
필요한 참이었던 듯 순식간에 다 볶여 있었다.

어제부터 나는 요양 모드다. 낮의 돗자리와 홍차 가게의 휴식을 이어가, 밤에는 아픈 부위마다 뜸까지 올렸다. 그런 다음 몸살약을 먹고 푹 잤더니 좀 나아진 듯도 하다.

마침 날씨도 화창해져서 여기 온 이래 처음 보는 좋은 햇빛이다. 2시 가까이, 또 공연 대기 중이다. 극장 앞, 길가에 앉아 있다. 고등어 무늬의 마른 고양이 한 마리가 어슬렁거린다. 지켜보고 있자니 이 녀석은 혼자 놀기의 달인이다. 이윽고 새들이 울고 고양이는 뒤태를 보이며 저쪽으로 걸어간다.

대기 줄에 서 있다. 곧 두 명의 덩치 좋은 여인이 내 '옆'으로 줄을 새로이 생성한다. 그들은 뭔가를 열심히 입으로 구겨 넣으며 쉴 새 없이 중얼거리다가, 내게 말을 걸어온다. "부 제트 자포네즈?"(당신 일본 사람인가요?) 질문은 이어졌다. "두 유 스피크 잉글리시? 부 제트 마리오네티스트?누 솜므……."(당신들 영어 할 줄 알아요? 당신들 인형극 관계자예요? 우리는…….)

언어, 언어를 통일하던가! 그들은 영어와 프랑스어를 오갔다. 그들은 어느 나라 인형 학교의 운영자와 배우였다. 인형극 종사자이면서 이런 새치기를 하다니 더욱 용서되지 않았다. 애초에 반감이 생겨버린 이들과 더불어, 그러지 않아도 달리는 영어를 주워섬겨 가며 대화를 이어나가는 건 별로 탐탁지 않았지만 그렇다고 딱히 거절할 명분도 없어서 예의상 대답을 해주고 말았다.

이 담화는, 그러니까 대화하는 척하는 연기는 다행히 그리 오래 하지 않아도 되었다. 앞줄의 젊은 여자분이 느닷없이 뒤를 돌아 이 아주머니들에게 말을 붙임으로써 새로운 대화가 점화되었기 때문이다. 이 젊은 여자는 파리에 거점을 둔 인형 제작자였다.

하지만 종국엔 입장할 시간이 되자 새치기들조차 무색해지고야 말았다. 저항할 수 없는 한 떼의 어린이 사단이 단체로 도착했기 때문이다. 이 어린이들로 말하면 단지 무척 늦게 태어났다는 것을 특권으로, 줄의 원칙을 초월하여 우선 입장할 수 있었다. 더군다나, 의기양양하게 장내에 들어간 그들은 소란스레 떠들며 앞줄을 점령해 버렸다. 이 와중에 어쩌다 나는, 비록 앞자리는 아닐지라도 용케도 무대가 정면으로 잘 보이는 자리에 앉게 되었다. 그런데 앉자마자 뒷줄에서, 앉은키조차 작아 보이는 여자애가 뇌까렸다. "즈 느 부아 리엥."(하나도 안 보여.)

그 소리는 하필이면 내 귀에 똑똑히 전달되었다. 내가 프랑스어를 모르기나 했으면!

"자리를 바꿔줄까?"하고 물었다. 아이는 고개를 가로저었다. 그래서 나는 뒤에 있는 이 아이를 한껏 의식하여 몸을 가뜩 낮추어서 관람 시간을 버티게 되었다.

이 극은 8세 이상 관람 가로서, 아이들이 딱 좋아할 만한 요소들로 가득했다. 두 배우의 탁월한 마임, 배우가 인형과 나누는 코믹한 대화, 신기한 장치 등, 아이들은 장면 하나하나에 기다렸다는 듯 웃음을 흘려 넣었다. 그런가 하면 내 바로 옆의 조금 큰 여자아이는 스마트폰으로 동영상을 찍고 있었는데, 화면이 어두워 보여 나중에 제대로 재생시킬 수나 있을지 의심되었다. 그나마 곧 선생님에게 핸드폰을 압수당해 버렸다. 선생님들은 아이들의 소음을 끊임없이 저지시켰다. 이따금 "밥티스트, 실랑스! (밥티스트, 조용히 해!)"같은 소리가 들렸다.

불편한 45분은 그럭저럭 빨리 흘러갔다. 극장을 빠져나오면서, 앞으로는 최소한 청소년 이상 관람 가만 보겠다고 마음먹었다. 누군가의 사랑스러운 아이들일 그들은, 거리에서 만나면 귀여울 테지만, 집중하여야 하는 공연장에서는 그리 달갑지만은 않았다.

오늘을 기점으로 햇빛이 엄청나게 좋아졌다. 나는, 바람과 내기하는 해님의 농간에 넘어간 나그네처럼 한 겹씩 벗어가다 결국은 민소매만을 입은 채 강가로 갔다. 돗자리를 펴고는, 연어 샐러드와 무화과를 먹으며 한껏 휴식했다. 곧 흐뭇한 미소를 지으며, 준비한 안대까지 꺼내어 눈 위에 얹었으나 잠시 생각해보니 이런 채로 시간이 조금 지나면 나중에 눈 주변이 판다처럼 될 것 같았다. 차라리 그냥 셔츠를 통째로 뒤집어쓰고 누워 있기로 했다.

강물에 뜬 종이배처럼 시간 위를 부유하며 얼마간 쉬었다. 강변을 벗어날 즈음에는 웬 백조 한 마리가 홰를 치고 있었다.

| 만국 공동의 언어로 던지는, 세상을 향한 방백 |

곧 있을 6시의 공연을 위해 '포럼'이라는 극장 앞에 서 있다. 이곳은 문이 여러 개여서 극장 출입구가 어디가 될지 늘 모호하다. 사람들은 각각의 문마다 줄을 이루어 서 있다가 최종, 행사 진행자가 문 하나를 열면 거기로 우르르 몰려가곤 한다. 출입구 사정마저 이렇다 보니 질서가 흐트러진 느낌이다. 어쩌면 줄서기 등의 질서 지키기에 우리나라 사람들이 더 예민하고 서양 사람들은 대체로 널널하고 방만한가 싶기도 하다. 또 어느 모르는 언어의 아주머니 네다섯 분이 내 앞에 사방 진을 펼치며 그들 스스로 창조한 줄의 선두가 되어있다.

나는 이런 암묵의 경쟁을 뚫고 입성하여 자리를 점한다. 공연 전의 무대를 잠잠히 바라보며 홀로 고결한 생각에 빠져든다. 나는 최고의 관객이 되겠다, 관객이야말로 세상의 빈 의자를 가득 채워주는 존재이다, 또한 관객은 연출자나 배우들의 거울이다, 한 익명의 관객이야말로 진정한 의미다, 세상이라는 무대에 보란 듯이 오르는 대신 평생 관객으로만 살아간대도 부끄러워할 일이 아니다, 이렇듯 행복하지 않은가!

객석 가까이 무대 정면에는 염소 인형 한 마리가 칼 맞아 쓰러진 모습으로 누워 있다. 털과 뿔 등이 꽤 공들여 만들어진 것으로 보인다. 공들였을 법도 한 것이 이 연극 제목이 바로 '염소의 노래'로서, '부케미세르 bouc émissaire'(희생양)라는 주제를 담고 있다.

염소 인형

이 극은 프랑스식 유머 코드를 듬뿍 담은 블랙코미디였다. 객석 대다수를 차지하는 중년 이상의 관객들은 극의 디테일 하나하나에 민감하게 웃어댔다. 간결하고 뚜렷한 상징, 씁쓸한 주제, 음향 효과의 신선함이 얽혀 세련된 작품이었다.

음향담당자의 역할이 눈에 띄었다. 그는 여느 극에서처럼, 보이지 않는 한구석에서 소리 효과만을 담당하는 기능에 그치지 않았다. 더 적극적으로 무대 위 배우들과 교감하면서 극에 효과적으로 개입하였다. 그가 일부러 음향 효과를 오래 이어가면 배우들은 눈치 없다고 나무라듯 쏘아보는 시늉을 했고 그럴 때마다 음향담당자는 머쓱한 표정을 지어 보였다. 이제 음향담당자들의 반경이 넓어져, 무대 외곽에만 머물지 않는가 보다. 이와 같은 스타일도 최근 유행인가 싶었다.

또 그는 바이올린 활로 우쿨렐레를 켜는가 하면, 여타 스스로 제작한 다채로운 악기들을 연주해 보이기도 했다.

7시 반. 에스파스 페스티발.

퍼펫 바 앞 야외의자들은 지금 맥주의 열기로 포만하다. 여기서만도 아르덴의 금빛과 황갈빛 맥주들은 어마어마하게 소비될 것이다.

이제 여기의 배경을 이루는 성당의 벽면에 조명이 켜진다. 별이 가득 그려진 테이블을 앞에 두고 프리카세와 오렌지 주스를 비운 뒤 9시 공연 전까지 대기하는 중이다. 아직은 바람이 적은 이 공간을 사람들은, 저녁에 재생되어 갓 활보하기 시작한 유령들처럼 오가고 있다.

내 일인극의 중계자이기도 한 나는 가능한 한 세상을 향해 방백들을 남기리라. 이 축제 공간, 사람들이 잔을 부딪치며 웃고 떠든다. 바람결에, 어쩐지 이 모든 이들이 동시에 같은 언어를 말하고들 있는 것만 같

다. 바벨탑 이전의 순결한 언어, 이 공동의 언어. 서로 간 잊히고 쌓인 담화를 꺼내며 웃는 이 행복한 시간. 나는 축제가 끝날 즈음이면 만국 공동의 행복 언어를 해독하게 될 것인가? 혹은 생애가 끝날 즈음? 난 지금, 모든 감각에 가 닿을 신인류적 언어를 창시하고자 했던 랭보의 고향에 와 있다.

랭보 잔에 담긴 지역 맥주

136

| 백색 공간을 응시하는 발 냄새 고흐 |

9시 공연 대기 중.

맨 앞줄에 앉은 것까지는 좋았는데, 어떤 아주머니가 뒤늦게 내 바로 옆으로 와서는, 그러지 않아도 촘촘한 자리를 좀 더 벌려 자리를 만들어 달라고 요구하면서 끼어 앉았다. 나는 안 그래도 넓지 않은 어깨를 더욱 오므려야 했다. 옆으로 비비적대기도 힘든 간격이 되었다. 옴짝달싹할 수 없이 조밀한 공간에서 반강제적으로 극에 집중하게 되었다. 내 왼쪽에는 흡사 프로필이 반 고흐 같아 보이는 청년이 앉아 있다.

이윽고 극이 시작되었다. 무대 전면 왼쪽에는 천사처럼 새하얗게 입은 배우가 앉아 있다가 슬슬 움직이기 시작했다. 여자인지 남자인지 윤곽이 분명치 않았다. 이 배우를 둘러싼 배경조차 마치 눈의 나라에 온 듯 온통 하얗기 그지없었다.

그의 첫 동작은 분칠로 시작되었다. 약간 가라앉은 표정으로 천천히 얼굴 한쪽을 칠하고 또 다른 반쪽을 메웠다. 얼굴의 맨 외곽을 동심원 모양으로 둥글게 서너 바퀴, 그다음 이마에서 턱으로 직선으로 내려오더니 나머지 여백을 채워갔다. 그리고선 손등까지 하얗게 칠해나갔다. 이쯤서 왠지 살짝 불길한 느낌이 들었다. 이 극이 심상치 않을 거 같은 불안이 스며들더니, 마치 벽에 비친 그림자처럼 점점 더 커져만 갔다.

이윽고 배우는 뚫어질세라 뒷벽을 응시하더니, 종이 구김들을 벽에 비춘 듯 어른거리는 하얀 그림자와 신비한 상호작용이라도 하듯 너울거리기 시작했다. 이 너울거림은 다른 요소들의 개입이라곤 전혀 없이 단조롭게 계속 이어져 갔다.

어느덧 나는 자세라도 좀 바꾸든지 아니면 졸든지 하고 싶어졌지만, 맨 앞줄에 꽉 끼어 있자니 이도 눈치 보이는 일이었다. 와중에 옆의 청년을 흘긋 보았더니, 그는 눈을 온통 부릅뜨고는, 혹시 깃들어 있을지도 모를 어떤 의미라도 찾아내려는 것처럼, 조금도 극을 놓치지 않겠다는 표정으로 앞을 응시하고 있었다.

그런데 그와 밀착되어 앉은 상태에서, 그의 긴 다리를 떠받치고 있는 샌들에 담긴 커다란 맨발로부터는 발 냄새가 역력히 스멀거리며 올라오는 것이 아닌가?

그리고 눈앞에서는, 커튼같이 커다란 흰 천과의, 밀애를 연상시키듯 하염없이 애틋한 너울거림이 초반 15분가량 흘러갔다. 극이 중반을 지나가면서 나는, 제발 아무 인형이라도 하나 튀어나와 이 지루함을 다른 무엇으로 바꿔주기를 열망하게 되었다.

한편 내가 두 번째로 옆의 청년을 바라봤을 때 그는 여전히 심각한 표정인 채로 있었다. 성냥개비로 아래위 눈꺼풀 사이를 받쳐 고정해 놓은 듯 그의 두 눈은 크게 벌어져 있었다. 그러나 부동의 그조차도, 극이 중반을 넘어선 무렵에는 별도리 없이 고개를 아래로 푹 떨군 채 '목신의 오후'(말라르메의 목가, 드뷔시의 교향시)에 나올 법한 반수면 상태의 은은한 환상 속에 침거해 졸고 있었다. 가끔 고개를 끄덕이기도 하였지만, 이것이 극에 대한 이해와 수긍의 몸짓이 아님은 분명했다.

중간에 인형이 하나 등장하긴 했다. 그것은 아무런 꾸밈이라곤 없이 그저 하얗기만 했다. 완전히 새하얀 인형, 온통 백지 같은 시간. 백색 집착증이라도 가진 것 같은 배우. 쓸데없이 비장한 음악. 바닥을 가득 덮은 드라이아이스. 그러니까 완연한 지루함. 그럼에도 예의 바른 관객들은 조소와 실망을 속으로 단단히 꿰매어 넣었는지 어쨌는지 끝끝내 정숙했고, 배우의 태도도 애달프도록 진지해서 나는 차마 함부로 웃을 수 없었다. 이 모든 느낌이 나의 몰이해에 기인한 것인지도 모르니.

그런데 막판에 이 해프닝은 뭐였을까? 미처 극이 다 끝나지도 않았는데 사람들은 일제히 손뼉을 쳤다. 어쩌면 어서 끝나기만을 바라 온 듯이. 그것은 우연치않게 그들의 본심이 드러난 실수의 박수였을까?

곧이어 진짜로 극이 끝났다. 백색의 흰 붕대 같은 시간으로부터 풀려난 배우는, 진심인지 알 수는 없어도 어쨌든 쏟아지는 커튼콜 속에서 기어들 듯 속삭이는 목소리로 스태프들을 소개하며 참을성 많은 청중에게 경의를 표했다.

하얀 시간으로부터 빠져나오며, 겨우 안도하면서, 나는 생각했다. 아

마도 이 배우는, 죽기 전에 한 번은 샤를르빌의 홀에서 단독 인형극을 해 보고픈 숙원을 오늘에야 비로소 이룬 게 아닐까 하고. 타인의 간절한 예술적 동기는 존중받아야 마땅한 것이거늘, 나의 관객으로서의 지루함은 어디서 위로받아야 할지 몰랐다. 하지만 예술의 제공자와 향유자가 동상이몽을 하는 일은 허다하며, 이 또한 예술에 부여된 자유의 부산물이 아니런가?

홀을 빠져나와 걷다가 주환 씨와 마주쳤다. 최근 공연들에 대한 단상을 교환했다. 그 또한 나 못지않게 부조리한 느낌의 상황을 방금 하나

목격한 터였다. 여기 인형극 학교 명물인 시계탑의 장치가 -이번에는 고쳐졌다고 믿었던- 어찌 되었는지 저녁 9시가 넘자 느닷없이 1분 간격으로 작동했다고 한다. 어제오늘 연 이틀씩이나.

그의 목격에 따르면, '블라블라'라는 이름의 극단이 마침 이 시계탑 앞에서 공연 중이었다. 더군다나 이 극단은 불의의 시계탑 고장과 주변의 소음들에까지 시달리면서도 꿋꿋이 극을 이어갔다고 한다. 심지어 이틀째는 이런 상황에 애드리브까지 넣어가며, 대본 상엔 있지도 않은 춤까지 춰가며 말이다.

이 이야기를 듣자 예전에 대학로에서 본 어떤 연극이 떠올랐다. 그것은 독립 운동가들과 관계된 하나의 비장한 극이었다. 내용 중엔 두 애국자가 옷을 바꿔 입는 장면이 있었는데 여기서 예기치 않게도 옷고름이 어이없이 뜯겨나가는 일이 발생했고, 이 돌발 상황에 당황한 배우가 소도구인 칼을 실수로 두고 나가 버렸다. 그러자 급히 다른 한 명의 배우가 "칼은 가지고 가셔야죠."라고 애드리브를 쳐서는, 나갔던 배우가 다시 들어와 칼을 가지고 나갔다. 모든 관객은 참지 못하고 킥킥거렸고 배우들도 못 참겠다는 듯 한참을 실소했다. 다들 멈추려 애썼으나 그럴수록 되려 웃음은 걷잡을 수 없게 되었다.

주환 씨와 길에 서서 추억까지 떠올려가며 웃다가는 에스파스 페스티발로 자리를 옮겨 대화를 이어갔다. 낮에 본 염소 극에 대한 찬탄 그리고 어제 본 두다 파이바의 코믹한 그리스 신화로 화제가 이동해 갔다.

"헤르메스 역의 배우 신동엽 닮지 않았어요?"

"저는 그 배우 니콜라스 케이지 닮았다고 생각했는데."

주환 씨가 답했다.

내가 대꾸했다.

"그럼 신동엽과 니콜라스 케이지가 닮았을지도요."

나는 한 이틀 컨디션 조절을 위해 금주 모드였으나 약간의 맥주와 샴페인으로 잠시 금기를 깼다. 곧 우리나라 극단 분들과, 지난 춘천인형극제에 초대되었던 스페인 극단 분들까지 와서 함께 자리를 나눴다.

하루의 피로를 달래며 기분 좋은 대화가 오가는 시간, 어느새 이 자리에는 얼근한 취기에 휘감긴 동네 청년 둘이서 우리 무리에 대한 호기심을 참지 못하고 다가와 동석하기에 이르렀다. 그들은 거침없이 질문을 던졌다. 중국인이냐, 프랑스어는 도대체 어떻게 배운 거냐, 남한과 북한 사이엔 진짜 국경이 있느냐 등등. 답을 해줄 때마다 "거참 흥미롭군."하고 뇌까렸다.

비록 취해 있긴 했지만, 어딘가 상당히 순진해 보이는 청년들이었다. 그들은 여기 샤를르빌에서 나고 자란, 말하자면 촌뜨기들인 셈이었다. 조금도 세련되지 않은 그들의 행색이 어쩐지 맘에 들었다. 흔히 우리 뇌리에 자리 잡은 시크한 프랑스 청년과는 조금도 같지 않은, 아줌마 파마에 아저씨 잠바라고 요약됨직한 모습들을 하고 있었다. 그들은 툭하면

매 정시마다 막이 열리면서 인형극이 펼쳐지는 시계탑

"타 괼!"(입 닥쳐), "너 지금 딴 얘기하고 있어 인마, 엉!", 이러며 옥신각신했고, 문득 사라졌다가는 어느새 다시 나타나, 마치 우리 일행인 양 얌전히 구석 자리를 지키기도 했다.

밤이 깊었다. 대화 주제는 무례한 어떤 나라 사람들 비판으로 시작되어, 각국 사람들의 행태, 인간의 이기적 행동들, 우리나라 쇼핑센터와 지하철에서의 아주머니들의 행각 등등에 이어, 이런 모든 구질구질한 인간사를 오만하게 비웃을 것 같은 랭보로 이어졌다. 랭보 이야기가 돌자, 두 명의 동네 청년은 느닷없이 옆에서 실소했다. "남들은 우리가 랭보의 후손이니 뭐니 하지들, 풉, 랭보? 나 몰라, 개뿔!"

이 청년들이 재미있어서라도 더 머물고 싶었지만, 나의 감기는 계속 요주의 상태여서 얼른 택시를 집어타고 귀가해야 했다. 자정 조금 넘어 자리를 떴다.

다섯째 날
카드 뽑기 잇음

"여보세요. 물고기 아저씨!
한 가지 물어볼 게 있는데요?"
"두 가지라도 물어보렴!"

| 축제의 천공을 달려가는 아폴론의 수레 |

어젯밤 귀가 직전엔 작은 해프닝이 있었다.

역 앞에선 택시 기사와 한국 여자 한 분이 택시비를 놓고 협상 중이었다. 택시 기사는 축제 전야에 만났던, 우리더러 함부로 나다니지 말라고 신신당부했던 바로 그 대머리 아저씨였다. 한국 여자분은 초등학생 아이를 데리고 있었다. 오가다 이들을 본 적이 있다. 아이는 그녀의 아들인 줄 알았는데 알고 보니 조카라고 했다.

그들의 협상은 순조롭지 않아 보였다. 기사는 대번에 우리를 알아보더니, 그녀가 제시하는 가격이 불가능하다는 걸 그녀에게 잘 좀 전달해 달라고 부탁했다.

곱게 차려입은 그녀는 우리에게 조근조근 사정 이야기를 했다. 그녀는 여기엔 초행으로 랭스에 묵으며 기차로 출퇴근 중이었는데, 이날은 돌아가는 마지막 기차가 열차 시간 안내표와는 달리 일찍 끊어져 버렸다는 것이다. 그래서 택시 가격을 흥정하던 참이었다. 기사는 200유로를 불렀고 그녀는 150유로로 깎고자 했다.

만일 여기 샤를르빌 시내에 하루 묵으려 한대도 모든 호텔에는 빈방이 없다. 어쨌든 당장 잘 곳이 급해 보였다. 무려 삼십 만 원의 택시비를 지불하면서까지 랭스로 갈 것이 아니라면.

난감한 상황이었다. 우선은 그녀에게, 우리가 아는 분들이 에스파스 페스티발에 있으니 가 보라고 권했다. 거기 가면 이분들의 현지 지인들을 통해 다른 해결책이 생길지도 몰라서였다. 그런데 이모 옆에 잠자코 있던 아이는 느닷없이 "나, 거기 가는 거 싫은데……."라고 했다. 아무래도 거기는 어른들이 술 마시는 장소였으니.

택시를 타고 돌아오면서, 우리가 착한 사마리아인이 되지 못한 후회 비슷한 감정이 몰려왔다. 끝까지 같이 다니며 도왔어야 했나, 계속 신경이 쓰였다. 무엇이 최선이었을까, 우리는 계속 얘기를 나누었다. 하룻밤 자고 난 지금까지.

어제의 해프닝 직후 그 대머리 기사의 택시를 집어 탄 건 정작 우리였다. 택시가 출발하면서, 이 아저씨는 그녀의 상황이 난감하다며 답답해했다. 그러면서 그는 수년 전 어느 일본 극단 여자분의 일화를 꺼내었다. 그분은 중요한 서류가 든 작은 백을 트렁크에 두고 내렸고, 기사 아저씨는 그다음 날에야 발견했지만 끝내 돌려줄 길을 찾지 못했다고 했다.

그런데 그의 열띤 이야기를 듣던 중 문득 궁금증이 일었다. "그럼 그 가방, 지금은 어디 있어요?"

그는 잠시 생각하더니 이마를 손으로 탁, 쳤다.

"아뿔싸! 아직 우리 집 장롱 위에 있군."

"그냥 축제 본부에 부탁하면 되지 않았을까요?"

그때엔 그 생각이 나지 않았노라고 그는 아쉬워했다. 그러고 보면 미처 생각이 미치지 못하여 착한 사마리아인이 되지 못하는 경우 또한 있겠다.

3시경 살롱 슈테르.

도무지 오늘은 구름 한 점 없다. 정오 너머 아폴론 수레의 엔진이 과열되자 우리는 재빨리 방공호와도 같은 살롱 슈테르로 대피했다. 나무,

라탄, 가죽 등 제각각의 재질로 된 의자들, 비할 나위 없이 느긋한 공간, 내 집 거실에 온 듯 꾸밈없는 편안함, 올 때마다 점점 더 정이 가는 공간이다. 내가 가장 좋아하는, 한 번 앉으면 지구 속 중심부까지 푹 가라앉게 만드는, 2층의 긴 소파는 여전히 비어 있다.

저번처럼 사과와 라임 소르베를 먹는다. 투명한 아이스크림 그릇엔 저번보다 현저히 많은 양이 퍼 담겨 왔다. 혹시 두 번째 방문에 대한 환대인가? 케이가 불쑥 내뱉는다.

"그럼 우리가 이제 클리앙텔 피에브르Clientèle fièvre인 거야?"

나는 그의 어긋난 문장을 수정한다.

"뭐라고? 열 난 고객? 그게 아니고, 클리앙텔 피델Clientèle fidèle(단골 고객)이겠지."

그는 '피델'이라는 형용사가 떠오르지 않아 언뜻 음이 비슷한 다른 단어를 넣은 것이었다. 그러지 않아도 우리는 그동안 이런 식의 말장난을 즐기고 돌아다녔다. 매일같이 신조어를 만들며 킬킬거렸다.

또 그는 차를 주문해야겠다며 바퀴 달린 찻잔을 그린다. 그는 아침부터 줄곧 그림들을 그리고 있다. 여태껏 본 연극들의 이미지를 떠올려가며 자유 연상하여 만들어낸 그림들이다. 두다 파이바의 무대에서 본, 바위에 박힌 페르세포네와 하데스의 이미지를 그리더니, 그다음으로는 오늘 저녁에 보게 될, 뭉크와 반 고흐가 등장하는 연극 '해바라기의 절규'라는 제목으로부터 영감을 받아서는, 해바라기꽃이 뭉크의 그림처

럼 절규하는 모양을 그려놓기도 했다. 나는 감탄하여 말했다. "여기 와

서 축제 5일쯤 지나고 나면 다들 시인, 화가가 되는가 봐."

이제 딱 축제의 중간이다. 오늘 아침 뒤칼 광장에 들어서는 순간, 이 축제가 영원히 끝나지 말았으면 하는 기분이 들었다.

그나저나 오늘은 화요일이다. 과연 우리 인터뷰는 지금쯤 '아르덴 지'에 실렸을까? 담배 가게(Tabac이라 불리는 담배 가게에서는 여러 잡화와 더불어 신문과 잡지도 취급한다.)에 가서 찾아봐야겠다. 신경 안 쓸 거라고 말해놓고도 궁금함을 감출 수 없다. 이제 바깥의 햇빛도, 돌아다니기 좋을 만큼 조금은 나긋나긋해져 있지 않을까?

어제 아침 새로 옮긴 숙소는 겉보기엔 나쁘지 않았으나 샤워 타임에 확실히 문제가 있었고, 다른 설비들도 조금씩 말썽이었다. 침대는 다소 좁고 매트는 덜 탄탄하며 베갯속은 뭉쳐 있었다. 방의 공간 및 모든 설비는 저번 호텔보다 작아서 마치 백설 공주가 방문한 일곱 난쟁이의 거처 같았다. 백설 공주의 우아함으로 나흘을 견뎌내겠노라 작정했지만, 샤워 공간만큼은 버거웠다. 아주 간략하고 협소한 공간에다, 냉온수를 따로 틀어야 하는 수도꼭지의 물살은 그마저도 가동이 연속적이지 않아, 공중목욕탕의 그것처럼 나오다 멈추기를 반복했기에 계속 눌러가며 써야 했다. 어차피 물이 사방으로 다 튀는 마당에 샤워 커튼이란 아예 의미가 없었다.

이것 말고 다른 것들은 그럭저럭 견딜만했다. 도리어 이상하게도 잠은 무척 잘 와서 갖은 꿈들을 꾸어대며 숙면했다.

그리고 이 숙소에는 인형극단 분들이 묵고 있어, 아침에 1층으로 모닝 커피를 마시러 가면 마주치곤 한다. 마침 로비에 로. 기. 나래 분들이 모두 나와 있고 승용차 앞에는 커다란 트렁크가 놓여 있었다. 춘천인형극제 사무국장님이 스페인으로 자유여행을 떠나려는 참이었다. 그러니까 어젯밤 샤를르빌 동네 청년들이 끼었던 연회는 사무국장님 환송을 겸한 것이기도 했다. 국장님은 차에 올라타며 단장님에게 장난스레 말했다. "안 돌아갈지도 몰라. 혹시 안 돌아가면 인형극 축제 알아서들 해."

그는 자유인의 포스를 풀풀 풍기며 떠나갔다. 잠시 후 차는 사라져 보이지 않게 되었다.

남겨진 우리는 바깥 야외의자에 앉아 함께 차를 마셨다. 케이는 어제 숙소 근처 가게에서 산 제법 맛난 귤과 한라봉을 가져다주었고 은경 씨는 답례처럼 사과를 가지러 갔다. 사과를 한 무더기 안고 다시 나타난 그녀는, 풀어헤친 긴 머리의 행색이 마치, 백설 공주를 꼬드기러 가는 마녀처럼 보였다. 영락없다고 내가 놀렸더니 은경 씨는 자기 머리가 몇 년 전부터 이 길이인데, 자르고 싶어도 공연 때문에 그럴 수 없다고 했다. 가발을 쓰면 되지만 아무래도 가발은 여러모로 불편하기 때문이다.

오늘은 예매한 연극이 하나밖에 없는 김에 '상하이'로 가서 여유로운 점심을 즐겼다. 언제나처럼 해가 잘 드는 자리를 안내받았다. 오늘따라 완탄면에 들어가는 고추는 야무지게 매워서, 그 매운 기가 눈을 쿡쿡 찔러댔다.

　여기를 나와 뒤칼 광장에 가기 전 분수대를 지날 때였다. 근처 노점에
서는 아프리카 옷들을 팔고 있었다. 30유로라고 적힌 바지 가격을 훑어
보고 나서 거기를 지나쳐간 지 채 몇 발짝도 되지 않아 뒤에서 주인이

우리에게 외치는 소리가 들려왔다. "캥죄로! 캥죄로!"(15유로! 15유로!)
30초도 되지 않아 반값이 되다니!

계속 걸었다. 모든 가게의 쇼윈도에는 누가 어디서 만들어 설치했는
지 모를 인형들이 유리 밖의 세상을 향하여 손짓한다. 순간, 이 인형들
이 살아 움직이는 것처럼 보이기도 한다. 랭보의 도시에서 드디어 나는
'감각의 착란'(랭보는 폴 드므니에게 보낸 서한에서, 시인이란 모든 감
각의 오랜, 방대하며 추론된 착란을 통해 견자가 된다고 말했다.)에 도
달했는가?

우리는 어제 눈여겨보아 두었던 초록 지갑을 샀다. 케이와 나 둘 다
탐내었지만, 지갑은 하나뿐이었고 케이가 먼저 발견했으므로 응당 그
의 차지가 되어야 옳았다. 그래도 아까 찻집에서는 차에 딸려 나온 각설
탕을 던져서, 누가 가지면 더 좋을지를 점쳤다.

| 들판의 열쇠, 미슐랭 맛집에서 |

6시. 살르 뒤 몽 올랭프.

모든 공연의 대기 줄마다, 일어남 직한 모든 편법과 반칙이 인간 사회 그 자체를 반영하듯 펼쳐졌지만 이런 난관을 거쳐 입장한 홀 안에서 나는 매의 눈으로 최적의 자리를 찾아 앉곤 했다. 최적의 자리란 게 늘, 맨 앞줄 중앙이 정답은 아니다. 극장 무대가 높다면 이 위치에선 올려 다보아야 하므로 오히려 낭패다. 게다 맨 앞자리는 경우에 따라선 발이 바닥에 닿지 않기도 한다.

지루한 대기 시간에는 리플릿을 읽거나 주변 사람들을 관찰한다. 통상 40분 정도 줄을 서서 기다리자면 뭘 해도 시간이 남기 때문에 우리는 번번이 신조어 만들기로 시간을 때운다. 대기 중 맛난 무화과를 먹으며 '무아과'(너무 맛나서 먹다가 무아지경에 이르는 과일)라는 말을 만들어 낸 것도 이곳 살르 뒤 몽 올랭프에서다. 무화과뿐 아니라 초록빛 렌느 클로드(서양 자두의 일종)도 아작아작 씹어댔는데, 설익은 듯 보이는 색깔과는 달리 형용할 수 없이 달고 맛나서, 이거야말로 무아과였다.

입장 후 순간 집중력을 발휘해 꽤 맘에 드는 자리에 앉는다 쳐도 예기치 않은 복병은 언제고 나타난다. 방금 케이 바로 앞에 앉은 할아버지가 비대한 상체를 한껏 뒤로 기대 버린 바람에 케이는 무릎을 꼼짝달싹할 수 없는 처지가 되어버렸다.

이제 곧 고흐와 뭉크의 이야기가 시작되려 한다. 극이 시작하지도 않았건만 벌써 졸려온다. 오늘의 유일한 관람인 이 극이 끝나면 에스파스 페스티발에 가서 아르덴 맥주를 한 모금하거나 좀 괜찮은 레스토랑에서 와인을 홀짝이고 싶다.

극이 끝나고 또 걷는다. 샤를르빌 와서 처음으로 맨발에 샌들이다. 발이 서늘하기는커녕 아주 시원하다.

방금의 극에 대해 이런저런 푸념을 늘어놓는다. 대사가 많다 보니 일

일이 자막 읽느라 다른 것들을 많이 놓쳐 아깝다느니, 대화보다는 무대와 물체 음향 조명 동작 등 다른 요소들이 돋보이는 극이 더 좋다느니, 주거니 받거니 걷다 보니 어느새 저녁 먹을 시간이다. 우리는 숙소 대란이 남겨준 이점, 즉 저렴한 곳에 묵게 됨으로써 아껴진 돈도 있겠다, 요새 줄곧 간소하게 먹어 왔으니 한 번쯤은 잘 먹어주기로 한다. 오래간만에 호젓한 시간이 난 김에 좀 좋은 레스토랑에 가기로 했다.

이 작은 호사의 장소로 간택된 곳은, 올해 미슐랭에 소개된, '라 클레 데 샹La Clef Des Champs'(들판의 열쇠)라는 이름의 맛집이다.
입구에 이르르니 문 위에 커다란 열쇠 장식이 달려있다.
이런 맛집은 예약을 미리 해야만 먹을 수 있나 싶었지만, 꼭 그렇지만은 않은 모양이다. "자리 있나요?"하고 묻는 우리에게 웨이터는 환한 얼굴로 "물론이지요."라고 답한 다음 2층으로 인도했다.

이 장소는 어딘가 분위기가 고풍스럽고 숙연하므로 자발적으로 발걸음을 죽이게 된다. 자리에 앉으며 겉옷을 벗어 의자에 걸치려는데 또 그 잘 생긴 웨이터가 고객의 작은 불편조차 조금도 참아넘기지 못하겠다는 듯 대뜸 뚜벅뚜벅 걸어오더니만, 내 옷이 흡사 바닥에 닿기 전에 부리나케 받쳐 들어야 할 무엇이라도 되는 양 소중히 받아 모신다. 내 카키색 야상 잠바는 그렇게 귀빈 대우를 받으며, 홀 끝으로 연결된 복

도에 늘어선 옷걸이 중 하나에 안착한다.

착석하고선 이 숨넘어갈 친절에 감탄한 마음을 가라앉히고 보니, 테이블 위에 놓인 흑판 모양의 플레이트가 눈에 들어온다. 흑판에는 이 레스토랑의 이름과 함께 간소하고 부드러운 선의 꽃 그림이 그려져 있다. 그런가 하면 지푸라기로 묶은 냅킨 장식도 잔뜩 멋스러운 데다 와인 잔의 모양이나 크기 또한 예사롭지가 않다.

천장의 샹들리에에는, 사방으로 길게 늘어지는 화분 사이로 가늘게 연결된 작은 전구가 몇 개 늘어져 내리는 모양새의 자태를 뽐내고 있다. 이렇게 격이 넘쳐나는 공간에 압도된 나머지 우리는, 여기선 경거망동하면 안 될 거 같다고 중얼거리며 숨을 내리깔았다. 저쪽 테이블의 아주머니는 소리 하나 내지 않고서 앙트레와 메인을 거쳐 디저트로 이르는 조용한 순례의 고갯길을 넘어가는 중이다.

그러나 그 무엇보다 진정한 '들판의 열쇠'란 나무랄 데 없는 미모의 저 웨이터다. 이 레스토랑의 흠잡을 데 없는 인테리어를 배경으로 빛나는 한 떨기 꽃! 친절함과 순진함이 야릇하게 발효된 그의 표정이야말로 이 레스토랑의 맛을 완성하는 절대 비밀의 약초 같기만 하다. "정말 잘 생겼다!"라고 나는 두 번 이상은 말했다. "잘 생겼네!"라고 케이도 맞받았다.

그는 이 아르덴 지방 청년이 아닌데 어떤 사정으로 인해 여기 그저 잠시 머물고 있는지도. 도대체 그는 요전 날 밤 에스파스 페스티발에 나타나 얼큰히 취한 채 서로 "입 닥쳐!"를 주고받던 두 명의 동네 청년과는 영 딴판이니 말이다. 혹시 그가 여기서 나고 자랐다면 어제의 그들과 혹여 랭보 중학교 동창인가? 문득 다음 카페의 랭보 동호회인 '취한 배'에서 읽었던 샤를르빌 여행기가 떠오른다. 거기엔 여기를 여행하던 여자분이 어느 레스토랑에서 상당한 훈남 웨이터를 만났다는 이야기가 있었다. 혹시 이분?

그의 빈틈없이 우아한 서빙은 계속된다. 도대체 그는 왜 여기에서 이런 시시콜콜한 일을 하고 있는가? 파리에 가서 탤런트나 무비스타가 되어야 하는 것 아닌가? 지금 내가 받는 서비스가 뭔가 부당한 일이라도 되는 양 여겨진다. 음식이나 고객인 내가 위주가 아닌 그가 주연이 된 서빙이다.

"세 튄느 미장부슈.C'est une mise en bouche."

그는 크고 네모난 접시를 내려놓는다. 그 접시 위에는 작은 사각 종지가 얹혀 있다. 접시 내#치 접시, 접시 위 접시인 셈. 이 종지에는 황록색 액체 위로 크림이 부드럽게 흘러 있고 그 위에 이름 모를 허브 한 잎이 살포시 얹혀 있다.

"이건 주문한 적이 없는데요?"

"이 수프와 작은 빵은 맛보기나 요기처럼 그냥 제공되는 거예요."

"수프 속엔 뭐가 들었나요?"

"가지, 호박, 피망……. 그리고 콩이요." 그는 주의를 기울여 하나하나 상기해가며 세심히 답한다.

이 작은 수프를 떠먹다 남김없이 마저 먹으려고 종지를 기울여 보았는데 실제로 그것은 잘 기울여지지 않았다. 작은 종지가 밑의 큰 접시와 붙어 있게끔 제작되었기 때문이다. 그런데 이 수프를 먹고부터 무슨 화학작용에 의해

미장부슈

선지 어쩐지 조금씩 배가 부글거리기 시작한다.

그리고 적당히 데워진 동글동글한 빵은 바게트 같은 표면과 안쪽의 부드러운 식감이 좋아서 자꾸만 씹게 된다. 친절한 웨이터는 이 빵을

미학적으로 양이 적은 프랑스 요리

무려 두 바구니나 더 리필해 준다. 식후 꽤 배가 부르게 된 것은 아마 빵 때문일 거다. 실제 메인 요리는 쉐프의 격이 높을수록 대개 그러하듯 '미학적으로' 양이 적기 마련이니.

중간에 화장실에 들르자 한구석에는 일 미터 크기 정도의 허름한 듯 느낌 있는 인형이 서 있다. 가만히 보니 인형 옷은 흔하디흔한 검정 비닐을 둘러 감싸 만든 거였다. 인형은 마치 화장실의 신神처럼 보인다.

뭐니 뭐니 해도 이 화장실에서는 세면대가 아주 맘에 쏙 든다. 넓고 깊은 이 그릇을 음미하자니, 오늘 아침 새로 옮긴 숙소의, 온 바닥에 물

을 흘리지 않고서는 씻을 도리가 없어 간단한 세수조차 힘든 그것과 비교가 되는 것이다. 이 고풍스럽고 풍만한 세면대는 그 안에 물을 가득 받아 양말을 시원하게 북북 빨면 좋을 것 같다.

웨이터는 쉴 새 없이 움직인다. 우리가 식사를 즐기던 중간에 한 나이 든 부부가 옆 테이블에 자리한다. 후다닥 서둘러 주문을 끝낸 우리하고는 달리 그들의 주문은 오래 걸리고 깐깐하며 당당하다. 그런 모습조차 왠지 격조 있어 보인다. 간간이 이런 말이 들려오곤 한다. "우리 남편은 술들을 섞어 마시지 않아요. 다른 것으로 가져와 봐요."

프랑스의 원빈과도 같은 나의(?) 웨이터를 그렇게 하인 부리듯 하는 걸 보자 나는 조금 빈정이 상하는 나머지 앙심이 생기려고 한다. 요만치의 자만이나 건방짐이라고는 깃들지 않은 순결한 미모의 그이기에 더욱. 이런 절대 미남을 파리도 아닌 이 촌구석에서 발견한 것 자체가 비현실적이다. 나는 이 청년을 보기 전까지는 프랑스 남자들의 미모에 좀 비관적이었다.

청년의 미모를 이미 인정한 바 있으나 나만큼은 그에게 홀리지 않은 케이는 식사하는 이웃들을 둘러보며 말한다. "여기 오는 사람들은 모두 부유해 보여."

"글쎄, 저 아주머니 가방은 소박해 보이는데? 내 것이랑 비슷하잖아."

나는 맨 끝자리에서 여전히 엄숙하게 디저트를 음미하는 아주머니를 흘끗 보며 대꾸한다.

"저거 레스포삭이네. 자기 거는 저거의 짝퉁이고."

"그러네, 하하."

내 가방은 인사동에서 불티나게 팔려나가는 짝퉁 맞다.

케이의 앙트레는 연어 위에 날치알을 올린 것으로, 접시를 둘러 기다란 잎이 장식되어 있다. 물론 이 기다란 잎을 케이는 먹지 않으니 내가 대신 날름 집어 먹는다. 입안 가득 박하 향이 감돈다. 곧이어 메인은 따끈하게 데워진 접시에 서빙된다. 내 요리는 가재 소스를 곁들인 아귀인데 살이 좀 단단해서, 아귀 대신 가재나 관자가 잘못 나온 게 아닌지 의구심이 인다. 그러나 맛이 좋으므로 그냥 먹는다. 우리는 이 모든 음식을 '포메롤' 와인을 홀짝여가며 즐긴다.

이제 만족스럽게 식사를 마치고 나가려는 참이다. 문득 옆 테이블의 부부 중 부인이 먼저 말을 걸어온다. 우리가 마리오네티스트인지, 어느 나라에서 왔는지, 언제까지 있는지, 무슨 일을 하는지, 어디 사는지 등의 일반적인 질문들로부터 시작하여 자잘한 가지들이 뻗어 나간다. 대화는 부드럽게 이어져 간다. 그들은 아비뇽 연극제에 다녀왔다고 한다. 거기서 '반소이'라는 한국 공연을 보았다고 하는데, 우리가 잘 알아듣지 못하자 그들은 다시 기억을 되살려 정확히 '판소리'라고 발음해 보인다.

그들은 판소리를 관람했던 것이다. 정말 깊이 인상적이었다고 회상했다.

다.

또 그들 중 남편은 우리에게 광장에서 하는 '풀치넬라'를 봤냐고 물었는데 풀치넬라와 같은 의미의 긴 프랑스어로 말했으므로 우리는 또 우리가 생각하는 그 풀치넬라가 맞나 하고 긴가민가했다. 그들은 한국이, 아시아에서 일본과 더불어 '에메르장'(떠오르는) 국가라면서 자기 아는 사람 중 하나는 전문적으로 한국의 발전상만을 연구한다고 덧붙

인다.

그들은 프랑스 여인과 미국 남자의 조합으로, 현재 텍사스에 살고 있다. 대화는 언제까지고 이어질 기세다. 우리는 시계탑 앞 9시 공연을 볼 작정이므로 "오 르부아르."를 고하지 않을 수 없다. 나는 "매우 아그레아블(기분 좋은)한 대화였어요. 시간이 있으니 또 보게 되겠지요."라는 멘트로 마무리를 한다.

레스토랑을 나와 걸으며 케이는 뇌까린다. "그들은 영화 '비포 선라이즈'의 나이 든 버전인지도 몰라." 또 그는 "역시 서양 사람들은 깐깐하고 당당해."라며 그들의 음식 주문이 얼마나 꼼꼼히 이루어졌는지 관찰한 바를 묘사한다. 사실 나는 먹기에만 열중해 있었다.

우리가 공연자들의 애드리브를 즐길 요량으로 보려 했던 시계탑 공연은 불발되었다. 장소에 이르렀지만, 막상 사람들이 없었다. 실망을 품고 조금 걷다 보니 근처 벽면에는 이 '블라블라' 극단의 극이 '소프 마르디'(화요일만 빼고) 공연된다고 적혀 있다. 이걸 미처 보지 못한 것이다. 자주 이런 식이다.

아까 마신 포도주의 가벼운 취기를 담은 채 택시를 타러 간다. 가면서 또 어제 곤경에 처했던 이모와 조카가 생각난다. 오늘 그들을 마주치지 못해서 어제 그들 숙소 문제가 어찌 해결되었는지 알 수 없다.

2막

놀라 벌어진 우리 네 개의 눈에
세상이 유일한 검은 숲으로 환원되고
– 두 명의 무구한 어린아이에게
하나의 해변이 되어버리고
– 우리의 투명한 공감에 하나의 음악적인
집이 되어버릴 때
– 나는 그대를 찾아낼 것이다.

Quand le monde sera réduit en
un seul bois noir pour
nos quatre yeux étonnés,
– en une plage pour deux enfants fidèles,
– en une maison musicale
pour notre claire sympathie,
– je vous trouverai.

A. Rimbaud, <Phrases>

이 인간 새 오브제는, 모든 원거리 여행자들의 몽상, 자유 그리고 발견물과 노획물에 도취된 미친 희망의 전달자를 의인화한 것이다.

사람과 타조 사이의 교묘한 혼종인 이 우편배달부이자 방랑 시인은 그 어떤 세계에도 속하지 않는다. 그의 눈은 우리를 머나먼 섬처럼 탐색하고, 그의 깃털은 주변과 거주자에게 그 섬에 대하여 묻는다. 악사들과 배우들이 그의 기분을 퍼뜨린다. 두 대의 바이올린과 금관 악기들, 한 명의 함장 그리고 어릿광대와 원숭이가 멤버를 이룬다. 그는 도시의 풍경 속에서 발견하는 모든 것을 맛본다. 즉흥의 연주와 연기가 그의 여정을 따라 나타나고 사라진다.

공공장소는 배경처럼 사용되면서 이야기의 짜임새에 기여한다. 거인 인형은 통행로들과 기이한 장소들을 탐색한다.

그는 더이상 자신의 기형을 의식치 않는다. 그 자신은 다른 이들 사이로 지나가는 존재이다.
청중은 단지 관객에 그치지 않고, 이 인형의 모험 전체에 통합되는 일부를 이룬다.

인형의 높이 3m50, 넓이 2m
(극단 홈페이지 demainonchangetout.fr에서 발췌 요약)

여섯째 날
절제 (TEMPERANCE)

"죽는 거 무섭지 않아요?"
"무섭지 않아요. 그런 쓴 약을 먹는 것보단 죽는 게 나아요."
그때, 방문이 활짝 열리더니 먹같이 새까만 토끼 네 마리가
작은 관 하나를 메고 들어왔습니다.

| 승천하는 말 |

여기 샤를르빌에서는 날씨와 나의 기분 그리고 매일의 카드가 완전히 일치하는 삼위일체의 신비를 맛보고 있다. 나는 여행 중이므로 이 일기는 현재 진행형으로 쓰이기도 하고 다른 일정에 밀리기도 한다. 르포처럼 제때 기록하는 것이 더 짜릿하지만, 체험은 계속 쌓여가고 기록할 시간은 충분치 않으며 더군다나 기록에 속도를 내자니, 건초염을 앓는 손이 말을 들어주지 않는다. 삶이란 어차피 부족이나 장애 상태를 밀고 나가며 살아 내는 것, 그러려니 한다.

어제는 날씨처럼 내 심신에도 구름 더미가 오갔다. 몸이 아프고 주변은 피곤했다. 우리는 지치지 않으려고 어렵사리 귤을 찾아내 사 먹었다. 왜 그런지 좀 큰 마트나 시내 과일가게에는 오렌지만 있고 귤이 보이지 않아서, 숙소 주변 터키 아저씨의 가게를 발견하기 전까지는 그 흔한 귤 한 개를 살 수 없었다. 귤을 까먹으면서 또, '탠저린 먹으며 탬버린, 만다린 먹으며 만돌린!' 이런 라임을 빚어내며 놀았다.

무대, 배우, 인형이 모두 새하얀 연극을 본 날 이후 케이는 장난기에 가득 차서는, 아침에 선크림 바를 때마다 하얀 선크림으로, 그 배우가 회반죽 칠하던 동작을 흉내 내어 나를 웃기곤 한다.

그러나 나는 잠깐씩 웃을 뿐 힘이 떨어져 가고 있다. 그동안 시간 맞추어 극장을 옮겨 다니고 삼사십 분씩 줄 서는 것이 은근히 고되었다. 내가 여전히 매의 눈으로 좋은 자리를 찾아내 착석하고 나면 우리 둘은 쾌재의 하이파이브를 하곤 했다.

오늘은 3시 공연 전 시간이 충분한 김에 숙소 가까이 보아둔 마트에서 물과 과일 등을 사기로 했다. 어쩐지 휑해 보이는 마트에 들어가 한 바퀴 돌며 물과 고등어 통조림 블루베리 등을 집어넣었다. 이 마트는 대체로 대용량 제품이 많았다. 그러나 계산대에서 우리는 부드럽게 내쳐졌다. 알고 보니 여기는 주로 상점이나 식당을 하는 사람들이 가입 절차를 거쳐 이용하는 도매 매장이었다. 낭패를 보고는 숙소로 돌아와 흐물대다가 좀 늦게 출발했다. 마트에서의 뻘짓으로 시간을 낭비한 터라 제대로 시간 내서 먹기엔 빠듯했으므로 샐러드로 후다닥 점심을 해결한 후 다시 '포럼'으로 갔다. 또, 출입구가 불분명한 포럼에서 줄을 서며 진이 조금 빠졌다.

3시 공연도 또 한 차례 어린이의 단체관람이었다. 역시 나는 그리 많이 뒤로 앉지는 않았다. 그런데 막상 극이 시작하자 오히려 더 뒤, 그것도 기왕이면 맨 뒤에 앉는 편이 나았다고 여기게 되었다. 이 공연으로 말하면 다른 아무런 장치 없이 거의 손가락만으로 모든 걸 표현해내는 극이었는데, 그 손가락 놀림이 하나도 특별하거나 기발하지가 않아서 참으로 지루했다. 알퐁스 도데의 '스갱 씨의 염소'와 잘 알려진 '피터와 늑대', 연속으로 흘러간 이 두 개의 이야기에서 배우들의 동작이라곤 그냥, 손가락을 최대한 벌려 늑대 입을 표현하거나 손으로 염소젖 짜는 시늉을 해보이는 정도였다. 정말이지 이 축제에 초청되는 극의 수준은 천차만별이어서, 어떤 극은 그 심오하고 아름다운 공연을 고작 8.5유로 주고 봐도 되나 싶은가 하면, 어떤 극은 시작된 지 얼마 안 되어 아차 싶어진다.

아무튼, 이 공연은 내게는 그냥 음악 감상 시간이 되고 말았다. 염소젖 짜는 시늉까지만 기억날 뿐이다. 바로 이 손짓이 나를 잠으로 이끄는 최면의 '레드 썬' 사인이 되고 말았다. 축제 기간 중 처음으로 공연 중에 푹 숙면해 버렸다.

포럼의 공연이 실망스러웠던 데다, 축제장 전체의 골목골목마다 심상찮은 바람이 분다. 어쩐지 살기가 감도는 날이다. 빠른 귀가가 요망된다. 이렇게 정신없이 지내다 랭보 묘지에는 언제 다시 가 보나 싶다. 랭보의 묘지, 무당이 명산을 찾아다니듯 내가 일정 주기로 순례를 가는 그 무덤 말이다.

마트에서 과자들을 사서는 이른 귀가를 한다. 버스 정류장에서 보라색 감자 칩과 알새우 칩을 아작아작 먹으며 버스를 기다린다. 주위를 둘러보면서 케이는, 여기 사람들은 뭐든지 아이들을 우선시하는 것 같지만 정작 아이들 앞에서 별 거리낌 없이 흡연한다고 지적한다.

문득, 길 건너편 아이가 눈길을 끈다. 말 모양의 풍선을 들고 걷고 있다. 하지만 곧이어 그만 풍선을 놓쳐 버린다. 풍선은 하늘로 아련히 사라져 간다. 안타깝다. 풍선은 하늘을 나는 말이 된다. 말을 하늘로 보내며 아이들의 동심도 승천해 갈까? 어느 순간부터 아이는 아이가 아니게 되는 걸까? 2차 성징 말고 마음의 세계에서 말이다. 어제까지는 아이였다가 오늘 문득 어른이 되는 순간이 있을까?

나의 아픈 사춘기가 떠오른다.

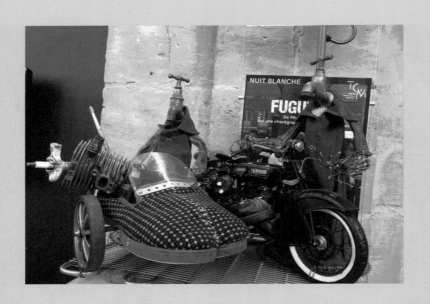

내가 죽어갔던 날들의 기억

이렇게 잘 조사해 보고 나서 까마귀는 점잖은 말씨로 이렇게 말했습니다.
"나무 인형은 틀림없이 죽었습니다. 그러나 다행히도 죽지 않았다면 역시
살아 있다는 게 틀림없습니다."

　어느 시점에 내가 아동기를 벗어나게 되었다면 희주 덕분일 것이다.
그때까지 단세포와도 같던 나는 이 아이를 계기로 감정의 세포분열을
시작하였으니까.

물론 이 시기와 겹쳐, 별로 떠올림 직하지 않은 성추행 사건들도 있었다. 당시엔 성교육도 미비하였고 성 전반에 대한 인식과 시각이 현저히 부재하였다. 지금까지도 사정은 그다지 나아지지 않았다.

　아동이나 사춘기에 갓 들어선 청소년에 대한 성적 유린을 마치 성인 입문식 정도로 간주하듯, 도처에서 몹쓸 '손'과 '성기'들이 어둡고도 책임감 없이 넘실대었다. 이는 꽤 많은 여자의 유년에 닥쳤던 일일지도 모르겠다.

　문제의 사건들은 인근 야산 같은 외딴 배경보다도 의외로 가장 친숙한 생활반경 속에서 일어나게 마련이다. 이를테면 양육 현장이나 교육 현장에서. 내가 겪었던 일 중 하나는 학교 담임선생에 의한 것이었고, 또 다른 하나는, 악랄하기로 말하면 훨씬 지속적이었고 치명적 상흔을 남긴, 바로 친지에 의한 침해였다.

　하지만 취약지대인 어린 여자아이들에게 일어난 일들은 많은 경우 암묵으로 빠져든다. 이 망할 사회가, 범죄자로서가 아니라 그저 작은 실수를 저지른 자 정도로 취급하지만 그래 봤자 엄연한 범죄자들은 자신이 저지른 일에 대해 인지 부조화에 기인한 유체이탈 화법으로 옮아가기도 하고, 사회적 위신을 생각해서인지 적당한 위선을 동원하여 자신을 지탱하거나 한다. 사회적 탈 속에 역겨운 행적을 감추고 살아가는 대상과 더불어 무얼 어떻게 풀어간다는 것 자체가 어렵고 버거운 일이다.

오래전 문제의 당사자와 이 문제로 통화한 적이 있다. 그는 자신이 살면서 다른 누구에게도 잘못한 적이 없는데 너에게만은 왜 그랬는지 모른다고 했다. 그리고 네가 이토록 힘들어하는 걸 세상에 적어도 자기 한 사람은 알고 있지 않느냐고도 했다. 상처를 모래로 문지르는 말들이었다. 다른 누구에게도 잘못 한 적 없는 사람이 나에게만 유일하게 해를 끼쳤다는 말은, 나를 마치, 저주라도 씌워진 어두운 허물로 취급하는 것처럼 들렸다. 이상한 빠져나가기, 비틀어진 방식으로 자기 책임을 전가하는 화법이었다. 게다 피해자의 고통을 오로지 가해자 한 사람만 알고 있다는 사실이 대체 어떻게 피해자에게 위로가 된다는 것인가? 그런 말을 하는 사람의 전두엽이 이상할 뿐이다. 참으로 소름 끼치는 인물이었다.

이렇듯 그가 미안해하는 시늉을 한답시고 뇌까린 말들이 오히려 내게는 확인사살의 못질이 되어버렸다. 그 자신이 저지른 일과 범죄자로서의 자신에 대해 조금도 인지가 되지 않는 상황이었다. 혼란하고 뻔뻔한 두뇌가 본심을 드러낸 것에 불과했다.

나중에 전문 상담자에게 이 이야기를 했을 때 그분은, 내가 이 문제를 바깥으로 드러내어 자신을 응징하지 못할 것을 알기에 당사자가 더욱더 저렇듯 뻔뻔하게 구는 거라고 했다.

문제는 당사자뿐만이 아니다. 당사자는 뇌가 이상하게 된 사람이라 치고, 이 사실을 알고 나서도 오히려, 왜 문제를 끝까지 은폐하지 못하냐고 나를 비난하면서 그를 감싸고 도는 나머지 친지들은 다 무엇인가?

오래전 맨 처음 이야기를 꺼내었을 때 그들은 내 고백을 거짓말 취급했다. 그것이 첫 반응이었다. 이후 그들은 내 얘기라곤 못 들은 척, 계속하여 나를 들쑤시곤 했다. "아무리 네가 현대적 교육을 받았다 하더라도, 여전히 우리나라는 유교와 가부장의 사회이니 네가 결혼과 출산을 하지 않는 것은 인륜을 거스르는 짓이다."라고 못을 박곤 했다.

조금 더 시간이 흘러서 나는, 그들이 계속 요구하는 그 평범한 삶이 내게는 얼마나 힘든 것인지를 설명하기 위해 펑펑 눈물을 쏟으며 두 번째로 이야기를 꺼내었다. 그랬더니 '다 잊으라'는 참으로 쉬운 말이 돌아왔다. 마침내 가장 최근에는, 힘든 마음을 도저히 가누지 못하여 이 모든 관계 자체를 멀리 두려는 나를 여러 차례 뒤흔들면서, 이렇듯 시간이 흘렀는데 끝까지 참지 않고 왜 지금 와 문제 삼느냐고 했다.

이렇듯 여러 차례에 걸쳐, 당한 사람이 얼마나 고통스럽건 간에, 자신들이 안심되기 위해서라면 차라리 사실이 왜곡되고 묵인되길 바라는 친지들의 이기심만을 뼈저리게 확인했다. 내가 살아가는 이 세상은 최소한 살 만한 세상이기나 한가? 그러니까 문제는 한 엇나간 개인의 구체적인 잘못 그 한 가지에만 그치지 않는다. 당한 사람이 오히려 숨죽이고 살게 만드는 전체 구조와 인식의 문제다. 악은 항상 스크럼이다. 지난 기억들에는 모종의 애도 작업이 필요하지만, 이제 개인적인 애도 이

189

상의 것이 필요해 보인다.

　오래전 내가 제어하지 못했던 그 상황들 속에서 나는 영혼이 이탈한 나무 인형으로 있었다. 뇌도 관절도 내 것이 아닌 것처럼 텅 비어, 불쾌로 얼룩진 감각에 내던져져 있었다. 의사 표현을 자유로이 할 수 없는 지극히 억압적인 환경에서 양육된 아동이 이런 상황에서 얼마나 자기를 방어해 낼 수 있을까? 범죄자들이 변명할 여지는 없다. 미성년자를 건드는 것 자체가 세상에, 말이 안 되잖은가!

　험한 일을 당한 데 대한 위로는 끝내 오지 않았다. 친지들은 내 명예를 회복시켜주기는커녕 거듭거듭 다시 뭉갰다.

　6학년 초반은 무사안일하고 행복하게 흘러갔다. 5학년 때의 반장 역할의 압박으로부터 풀려난 나는 다시 촉망받는 우등생의 입지로 돌아가 얼마간 자존감을 회복하는 듯했다.

　그러나 평온은 오래가지 않았다.

　어느 날 수업 중 담임은 각자 장래 희망을 적어내라고 했다. 이때 내가 적어낸 것은 '문학가'였다. 시인도 소설가도 아닌, 지금은 다소 생경하게조차 들리는 단어, 문학가. 그러니까 나는 장르를 떠나 쓰는 일 그 자체를 하고 싶었던 셈이다. 어린 시절 어느 시점부터 마치 누군가 '너는 그래야 한다'고 말해주기라도 한 것처럼, 그건 생각을 거치기 이전의 당연한 전제처럼 나 자신에게 자리 잡은, 막연하지만 확실한 갈망이었다.

그리고 앞서 말한, 그리고 11살 사춘기에 접어들면서 겪기 시작한, 친지의 상습적인 몹쓸 성추행, 이 사건은, 문학에 대하여 더욱더 깊은 갈망으로 나를 밀어 넣는 비극적 매개처럼 작용했다. 누구에게도 말할 수 없는 비밀의 영역에 내던져져 있다는 것 자체가 나의 도무지 일반적일 수 없는 운명을 말해주는 것 같았다. 저주나 숙명과도 같이, 내게는 평범한 삶이 허락되지 않으니 그렇다면 세상과의 유일한 연결지점은 문학일 수밖에 없다고 믿어버렸다. 나아가, 문학이라는 유다른 세계에 들어가려는 이는 보호받는 삶에 안주할 수 없게끔 운명지어져 있어서, 그틀을 아프지만 깨야 하는 지점이 현실 세계에서 강요처럼 주어진다고, 모종의 공식을 만든 것 같다.

당시에 그 특이한 환경 속에 갇히면서 이런 생각의 얼개가 짜여가고 있었다. 나는 세상과 다른 세상 사이에 걸터앉은 사람이지 결코 이 세상 안으로는 들어와 살 수 없다는 아프고 열악한 믿음. 보통의 삶이란 내게 전혀 허락되지 않은 것처럼 보였다. 어린 날에 입은 화상의 흉터 또한 이런 운명론을 각인시켰을 수 있다. 5살 때는 화상을 입어 죽을 뻔했었다. 그 흉터는 고스란히 남아, 수술을 통해 원래대로의 복원이 가능하지도 않다. 넓고 깊은 흉터를 지울 수 없이 갖고 살아야 한다. 이런 상황들이 누적되면서 나는 나 자신을, 세상에 뚝 떨어져 힘들고 맘에 들지 않고 말도 안 되는 것까지도 참아내야 하는 어떠한 실험적 존재처럼 설정해버렸다. 지금에 이르러선, 나 자신을 이렇게 믿도록 만든 모든 것이 싫고 그 시간과 관계된 인물들을 처단하고 싶을 뿐이다. 그때 그 상황들이란 내 의지로 선택한 것이 아니었다. 나를 에워싼 가족 권위가 저지른 폭력이었다.

뒤칼 광장에서 여러 날에 걸쳐 이루어졌던, 자기 얼굴 본뜨기 퍼포먼스의 결과물들

흔들리던 등잔 밑 유년기

그런가 하면 희주는 압도적이었다. 체력 좋고 기가 센 이 아이에게
나는 대놓고 콤플렉스를 느꼈다. 제발 이 친구의 그림자를 벗어나고 싶
었으나 한 지붕 아래 가까운 공간에 살고 있으니 피할 도리가 없었다.
밖에서 이 아이가 날 부르는 소리가 나면 나는 이불을 뒤집어쓰고 "나
없다고 해."라고 형제들에게 말하기도 했다. 그런 한편, 이렇게 친구를
미워하고 피하느라 거짓말을 해대는 나 자신을 혐오하면서, 갈등이란
것까지를 배워갔다.

　질병의 감염 같았다. 희주는 사춘기에 들어서며 마음의 결이 찢어졌
고 이 증상은 내게 전염되었다. 결과 나는, 이전에 가져본 적 없는 심리
상태를 처음으로 갖게 되었다. 이전에 제법 귀염과 사랑을 받으며 자라
온 나는 이때까지는 누구를 질투하거나 미워할 이유가 없었다. 그러나
이제 독액 같은 질투와 증오를 내 안에 담고서 그 역겨운 상태를 매일
같이 견뎌야 했다. 이러면서 나의 동화책들은 내 손을 떠나 찢겨 날아
갔다.

　무엇보다도 집안이 몰락하면서 부모님의 불화가 심해져 정점에 달

했다. 엄마는 수시로 두드려 맞고서 멍이 들었다. 그 멍은 오래 가곤 했다. 엄마는 스스로 멍이 잘 드는 체질이라 했지만, 지금은 그 말조차 의심이 간다. 그냥 그만큼 자주 세게 맞은 것이다. 밥상이 날아가 방구석의 화분에 밥알과 반찬이 튀어 있곤 했다. 잠귀가 밝았던 나는 매일 밤 번번이 깨었다. 싸우고 때리는 소리 때문이었다. 저렇게 때리다 엄마를 죽이지나 않을까, 이런 공포가 늘 있었다. 그러나 이불을 뒤집어쓰고 매번 그 순간을 참을 뿐, 이불 밖으로는 무서워 절대 나갈 수 없었다. 밤은 지옥이 되었다.

아이였던 나의 의식에, 이런 집 아이란 게 창피했을 것이다.

시간이 흘러, 내 어린 시절의 상황이 그 시대엔 꽤 보편적이었음을 알게 되었다. 수많은 집에서 일어나곤 하였던 부친의 폭력과 외도. "그때는 다들 그렇게 살았지."라고들 흔히 말하는, 그 어법이 무섭다. 어떻게, 폭력이 일상의 표준이 되어 있단 말인가? 이상한 것들이 당연해진 공동체의 인식 구조가 공포스럽다.

이때 초등학교 고학년에 이른 내게는 당면한 고민거리가 또 하나 있었다. 곧 중학교에 가면 교복 치마와 체육복 반바지를 입어야 했다. 점점 다가오는 스트레스였다. 여름이면 치마와 반바지 아래로 온통 흉터 그 자체인 다리를 내놓고 걸어 다녀야 한다는 것은 내가 무너지는 것 같은 일이었다. 가장 내놓기 힘든 부분을 남들 앞에 늘 전시하여야 하는, 그러면서도 이 시시각각 무너지는 나 자신의 육체를 어쩔 수 없이 내가 데리고 다녀야 하는 시간이 다가오고 있었다. 고문을 받기 위해 태어난 것 같았다. 그러나 내게는 힘든 걸 꺼내 말하고 상의할 어른이란 부재했다. 그러기엔 그분들 자신의 상황이 너무 컸다.

나에 대한 엄마의 손길이 줄어들었다. 이전에 시골 학교에 다닐 때는 엄마가 직접 만들어 준 맛난 빵을 도시락에서 꺼내어 아이들에게 나눠 주기도 했었는데, 그런 행복한 나는 사라져 버렸다. 이제 엄마는 이전처럼 예쁜 꽃수가 놓인 흰 블라우스를 더는 사주지 않았다. 나는 허름해졌다. 준비물을 잘해 가지 못할 때도 많았다.

5학년 때 급식 시간엔 반장인 내가 부반장과 더불어 아이들에게 직접 배식을 해야 했는데 정작 나 자신은 급식비가 없어서, 먹지 못하는

급식 빵과 국의 냄새를 부러워하며 국을 푸곤 했다.

내가 이런 일들을 겪어 넘길 즈음 희주야말로 내게 없는 것들을 다 갖고 있었다. 부유하고 온화한 부모에 넉넉한 용돈을 가진 그녀는 잘 차려입었고 튼튼한 몸에 사교적인 데다 이목구비도 뚜렷해 어디 가도 당당해 보였다.

그리고 결정적으로 피아노를 잘 쳤다. 희주는 언젠가부터 피아노를 배우기 시작했고 교습이 어느 정도 진행되자 그녀의 부친은 피아노를 사주었다. 나는 리스트의 대곡을 칠만한, 피아노 전공자들도 부러워하는 긴 손가락을 갖고 태어났지만, 그때 내게 피아노란 그림의 떡일 뿐이었다. 희주가 '아드린느를 위한 발라드'며 '소녀의 기도' 등의 레퍼토리를 반복할 때마다 세 들어 사는 모든 이들이 그 소리에 탄복하곤 했다. 그녀의 피아노 소리에 매일같이 내 마음이 찢겨나갔다. 그토록 투명하고 낭랑한 찢김이라니! 그러면서, 매일 하는 마음의 체조와도 같던 이전의 내 노래는 서서히, 그리고 뚝 그쳐 버렸다.

'캔디' 만화를 같이 읽으며 그녀는 자신을 캔디, 나를 애니에 비유했다. 그러나 우리 둘 사이의 캔디는 자신이 주인공임에도 불구하고 자기 캐릭터에만 만족하지 않고서 자기 속에 결핍된 애니를 질투했다.

내면이 격렬하게 들볶이면서 열두 살 즈음을 보냈다. 그녀와 같이 지낸 기간은 모두 해서 5년이다. 중학교 2학년 때 그녀는 잠실 아파트 단지로 이사하면서 비로소 나를 떠났다. 이후엔 다소 추상적인 친구로 남게 되었다. 몇 년 만에 겨우 그녀로부터 해방되었다. 그제야 나만의 호젓한 공간에서 사춘기의 자아가 허울을 벗었다.

그렇게 잊혀 지나가나 했다. 그 어린 날의 혼란이 분명하게 규명된 건 좀 더 이후의 일이다. 고등학교 2학년 어느 날 나는 희주의 편지를 받는다. 그녀는 심하게 굴어서 미안하다고 사과하면서 변명처럼 사정을 덧붙였다. 부모 형제들이 그녀를 나와 비교했었다고 했다. 저 집 누구를 좀 봐라, 얼굴도 하얀 데다 늘 일등만 한다더라, 방에서 꼼짝 않고 책만 읽지 않니 등등. 희주는 그런 말들에 견딜 수 없이 샘이 나서 내게 분풀이한 거라고 털어놨다.

나는 이런 답장을 쓰고 싶었을 것이다. 비교를 당한 건 너뿐만이 아니었고 내게도 일상이었지만 그 때문에 내가 먼저 너를 미워하지는 않았다고. 진짜 증오가 오는 곳이 어디인지 거슬러 올라가 보라고, 여전히 말해주고 싶다, 어린 날의 비뚤어진 캔디에게. 가차 없이 남을 허물어뜨린 후 자신은 감쪽같이 양심 바른 누군가로 돌아간 척 일상을 사는 모든 이들에게.

그러나 내 마음 그대로를 써서 전달하기엔 나는 이미 위선적이 되어버려, '이제 다 괜찮다'던가 하는 투의 적당히 훈훈한 답장을 쓰거나 했을 것이다.

희주와의 날들은 후유증을 깊게 남겼다. 혼자 부르던 노래는 툭 끊어졌고 타인과의 감정 교류가 제한되었다. 그저 깊이 침전하여 혼자 있는 아이로 컸다. 여전히 내 곁에는 희주와는 달리 전혀 해가 되지 않는 친구들이 다가와 주었지만, 이전처럼 지낼 수 없게 되었다. 그들은 그저 나를 나 자체로 좋아해 주었지만, 나의 마음은 어느 지점이 냉각되어 있었다. 뭇 관계들을 유지할 의욕을 더는 갖지 못하여, 그 친구들이 원하는 더 끈끈한 관계에 나를 놓아둘 수가 없었다. 더 다가오려 들면 나도 모르게 반사적으로 야릇하게 싸늘해지곤 했다. 그래 놓고 후회했다.

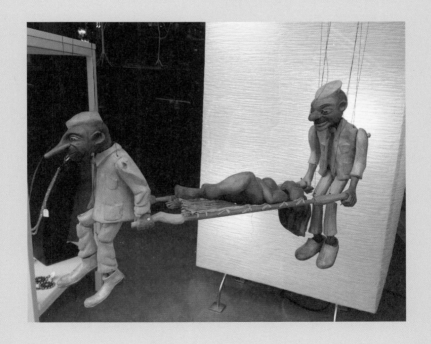

친밀함이 거북해져 버렸다.

　이후 줄곧 누구하고도 지속적인 관계로 지낸다는 개념이 없는 채로 살았다. 초등학교부터 대학원까지 동창이라는 이름으로 만나는 사람이라곤 단 한 명도 없다. 그 이후 어른이 되어, 내 삶에 누군가가 다시 나타나, 내가 은닉하고 잠적한 마음의 장소까지 나를 찾아와 그 관계가 십 년 이십 년 이어지는 경험을 하고 나서야 나는 사람들과 지내는 법을 새로 알게 되었다.

　한편, 희주와의 나날들의 절정인 6학년 때 담임과의 사건도 겹쳐 든다.

　어느 시점에서, 소녀였던 나는 죽어버렸다. 그 이후 삶이란, 내가 죽어버린 자리에서 귀신처럼 일어난 허깨비가 대신 벌이는 연극이 되었다. 내 삶을 번역도 설명도 하지 못하는, 입이 뭉개진 허깨비.

　그 허깨비는 학교에서도 이상한 일을 겪었다. 바로 그 문학가라는 이름을 빌미로.

　문학가라고 써내고 나자, 방과 후 교실에 남으라는 지시를 받았다.

　나쁘게 생각되지 않았다. 평소 담임은 나를 재능 있고 특별한 학생으로 존중해주었기에 아마도 그런 존중의 연장선의 어떤 일일 거라 여겼다.

　슈베르트 같은 곱슬머리인 담임은 아이들뿐 아니라 학부모들에게도

인기가 많았다. 재치, 언변, 통솔력, 중년의 나이가 주는 원숙함, 그의
안정적인 분위기는 모두를 안심시켰다. 나도 막연히 따르고 당연히 믿
었었다.

그날 호출이 된 나는 곧 방과 후 빈 교실, 담임의 책상 옆에 서 있었
다.

"문학가가 되겠다고? 그래서 남으라 한 거야. 너를 예사롭게 보지 않
았어. 너 안엔 정열이 있어. 그걸 눈치채 왔지. 정말 문학을 하고 싶니?"

"예."

"그렇다면 말이지, 문학가가 되려면, 글을 쓰려면 많은 경험이 필요
해. 사랑을 해봤니?"

어느덧 그는 자신의 경험담으로 넘어갔다.

"이전 학교에서도 선생님은 그런 관계가 있었어. 두 아이랑 그런 관계로 지냈지. 선생님과 학생이 순수한 사랑을 한다는 게 전혀 불가능하다고 생각하니?"

순수, 사랑, 개별적으로 떼어놓고 보면 저 단어들 자체만으론 불온한 것이 아니다. 선생과 학생이라는 어휘 역시도. 그런 사랑이 완전히 불가능한 것만도 아니라 여긴다. 그런데 이 네 가지의 조합이 이상하게

만나면, 순수는 순수가 아니게 되고 사랑은 사랑이 아니게 되어버린다. 바로, 보호자가 되어야 할 연장자가 개념의 덫으로 포획을 시도할 때.

더 기억나는 대화는 없다. 더 있었대도 길지 않았을 것이다. 좋지 않은 많은 기억 속에서 그렇게 되듯, 마비된 듯 당하는 시간이란, 기억 속에서 일정 부분 탈락한다. 감당할 수 없는 부분들엔 해리가 일어난다. 그럼에도 불구하고, 더러운 흔적은 지워지거나 씻겨나가지 않으면서 희미하고도 뚜렷한 잔영을 남긴다. 이를테면 저 대화들의 어떤 순간에 그의 손이 내 치마 속으로 들어 왔다든가 하는. 또 하나의 기억은, 교실 밖에서 보았을 때 사각지대가 됨직한 교실 한구석으로 몰려 그에게 키스를 당한 일이다. 탐욕으로 얼룩진, 더럽고 텁텁한 느낌이었다.

권위 있고 멋진 연장자와 특별한 감정 유대를 갖고 싶다는 심리를 이용한 접근, 이것이 그루밍 성폭력이라 불린다는 것은 나중에야 알게 되었지만, 당시엔 그런 용어조차 없었다. 이런 일들이 공론화되기도 훨씬 전이라, 이상한 경험들의 소화는 극히 개인적 몫으로만 남겨졌다.

담임과의 사건은 그나마 다행히 일회성으로 그쳤다.

나는 그에 대해 어떤 소문이 암암리에 이야기되고 있는지 몰랐다. 그해 가을, 몇몇 아이들이 모여 갖은 비밀스러운 이야기를 하는 자리에서 선생에 대한 풍문들이 쏟아져 나왔다. 목격담들이었다. 당시 반 아이 중엔 유독 발육이 좋은 아이가 있었는데, 방과 후 교실에서 선생과 둘이 있는 장면이 목격되었고, 아이의 상의가 들어 올려져 가슴이 드러나 있었다고 한다. 그런가 하면, 우리 반에는 방송국 합창단에 뽑히고 학교 고적대까지 하는 꽤 예쁜 친구도 있었는데, 이 친구의 어머니가 선생의 숙직실에서 목격된 일과 그 외 엄마들과 관계된 일들도 전해졌다. 내가 잠시 겪은 일로 비추어, 이 모든 게 완전히 풍문은 아닐 거라 여겨졌다. 내가 겪은 일은 친구들 앞에 함묵했지만.

그런데 이런 종류의 개새끼들은 자기 자녀의 성에 대해서도 경계가 없을 것이라 짐작이 된다. 수업 시간에 그가 자신의 네 명의 딸들의 가슴 크기에 대해 언급한 적도 있다. 복숭아니 딸기니 하면서 과일에 비유했다. 눈으로만 그 크기를 느꼈을까? 알 수 없다.

지금 와 돌이켜보면서 황당한 것은, 그때 이야기를 듣는 우리는 그런 비유를 재미있어하며 웃었고, 이 상황이 잘못되었다는 인식도 없었다는 점이다. 쓸만한 성교육도 부재했던 시대에 교실에 들이부어진 교육 폭력이었다.

이후 그와 나는 별 교류가 없었다. 지금 생각하면, 다른 성폭력 건들을 실시하기에만도 바빴는지도.

단, 어느 날 그런 일은 있었다. 수업 중에 갑자기 나를 지목하더니, 느닷없이 비난하는 것이었다. "너는 왜, 그런 눈으로 나를 쏘아봐? 아주 좋지 않은 눈빛이야, 그럼 안 되지, 선생님께."

내가 일부러 그를 어떻게 본 적은 없었다. 그가 나의 눈빛에서 적대감을 읽었거나, 지레 찔렸던 것 같다.

그렇게 내 안에 적대감을 간직한 채, 그 학기를, 초등학교의 마지막 학기를 보내었다. 우수한 성적표와 가정 통신란에 가득 적힌 칭찬의 말들과 더불어 유년기는 그런 식으로 막을 내렸다. 부모님은 흐뭇해했고, 난 모든 것에 무덤덤하고 회의적으로 되어 갔다.

이제 여기 샤를르빌.

가라앉은 날씨와 바람 속, 하는 것 없이 피곤한 하루가 지나갔다. 다시 돌아와 눕는다. 새로운 숙소도 사흘째 되자 불편한 샤워조차 적응되어 마치 처음부터 여기 묵어왔던 양 편해졌다.

일곱째 날
태양(LE SOLEIL)

"어림없는 소리 하지 마라.
이렇게 보기 드문 물고기를 내가 그냥 놓칠 거라고 생각하니?
이 바다에서 나무 인형이라는 물고기를 그렇게 자주 만날 수는 없어.
어쨌든 내게 맡기려무나. 다른 물고기들과 함께 튀겨진다면
너도 기뻐할 거야. 동무들과 함께라면 어쨌든 괜찮지."

밤새 라디에이터는 가열찼다. 그 위에 널어놓은 양말들은 올린 지 얼마 지나지 않아 빨래 구이가 되어버리곤 한다. 마치 한 번 쓱 지나가면 습기가 증발증발 말라버리는 다리미처럼.

또다시 아침이 되어 호텔의 모닝커피를 마시러 내려간다. 카페테리아 유리창 밖으로는 새로 도착한 멤버들이 눈인사한다. 지미 데이비스 님과 은영 선생님이다. 눈이 마주치자 은영 선생님은 정이 담뿍 담긴 얼굴로 아련히 이쪽을 바라보신다. 은영 선생님은 오래전 여기 프랑스 공립 고등인형극학교 '에스남ESNAM'에 유학 왔다가 아예 여기 머물러 살고 계신다. 이 학교가 정식 커리큘럼을 갖추기 전에는 워크샵의 형태로 간헐적인 인형극 교육이 이루어지곤 했었다고 한다. 그러다가 비로소 본격적으로 지금과 같은 형태의 교육과정이 시작되자, 은영 선생님은 "바로 나를 위한 곳이다!"라 외치며 대뜸 입교했다고 한다.

은영 선생님처럼 이곳에 줄곧 살다 보면 고국 사람들이 그리울 것 같다. 지미 님도 마찬가지다. 지금 그는 이탈리아 토스카나 지방에 살고 있는데, 일찍이 어릴 때 외국으로 건너가 살아왔기에 우리나라 사람을 만나면 무조건 반갑다고 한다. 지미 님에 대해선 며칠 전부터 들어왔다.

이탈리아의 지미 님네에 가면, 지미 님이 칼국수 밀듯 만든 면으로 직접 만든 스파게티가 그렇게 맛있다고들, 극단 분들은 회상하곤 했다.

지미 님과 은영 선생님이 가고 나자, 우린 다시 야외의자에서 모닝커피를 마시며 며칠 전의 백색의 배우와 인형에 관해 이야기했다. 알고 보니 그 백색의 배우는 이 세계의 원로였다!

이야기하던 중 쌀쌀한 아침 공기에 휘감긴 채 주변을 둘러본다. 카페테리아 유리문 너머로는 실내에서 먹고 마시는 사람들, 꿈속 무언극 같다.

이 모든 예술인에 둘러싸인 나는 어쩌다 여기 와 있는가?

또 추억을 소환한다. 내게도 오래전 연극인들에게 둘러싸여 지낸 시간이 있었다. 추억의 나라에 무전을 친다. 응답하라, 응답하라.

　그런데 그 이전에 우선은 그 일 년 전으로 더 거슬러 올라가야 한다. 연극에는 문외한이었던 내가 대학 신입생 시절 연극반에 입회했던 것은 순전히 고등학교 친구의 영향이었기 때문이다.

　희주의 여파로 인해, 다가오는 친구들을 마음에 들이지 않았다고는 하지만 사람에 대한 갈증이 전혀 없이 지낸 것은 아니었다. 나는 중 고등학교 시절, 거의 한 학년에 한 아이씩을 좋아했다. 그것은 우정이냐 하면 그것은 아니었고 그보다는 일종의 사춘기적 숭배와 동경이어서, 한 시기마다 내 영혼이 꽂히는 대상을 정해놓고 흠모를 거듭한 꼴이었다. 내 주변 아이들은 어쩔 수 없다는 듯 "쟤 또 봄바람 불었어."라며 웃었다. 그리고 내 과녁이 되는 대상들은 주로 다른 반 아이였다. 그 마지막을 장식한 친구가 고3 때의 여은이었다.

여은을 처음 본 것은 어느 4월 월요 운동장 조회 시간이었다. 큰 키 덕에 뒷줄에 서 있던 나는 역시 나만큼이나 키가 큰 어떤 뒷모습에 그대로 반해버렸다. 달라붙는 청바지에 검정과 카키 배색의 후드 티, 어딘가 소년 같은가 하면 이상한 우아함이 감도는 그녀는 자신만의 고요한 아우라의 반경을 거느리고 순간 속에 정지해 있었다. 그녀는 야릇한 부드러움과 카리스마가 어우러져, 미학적으로 완전한 탐닉 대상으로 보였다. 그녀의 아우라와 패션 감각은 아직도 같거나 비슷한 것을 본 적이 없다. 첫 순간부터 사로잡혀서는, 이후 그녀는 나의 사춘기 최후의 우상이 되었다.

곧 수소문하여 그녀의 정체를 알아내었다. 그리하여 점심시간을 틈타 그 아이의 교실로 찾아가서는 뻔뻔하게 고백했다. 오늘 아침에 널 보았어, 내 친구와 뒷모습이 닮아 궁금했어, 라고. 그녀는 묵묵히 고개를 아래로 향하고 내 말을 듣더니 문득, 조용하지만 또렷한 어조로 말했다. "그 친구 혹시 세진이 아니니? 비슷하단 얘기 많이 들어."

그러더니 번뜩 일어났다.

"어, 어디 가게?"

"너 바래다주러."

눈에 띌까 말까 한 웃음이 여은의 얼굴에 잠시 떠올랐다가, 오후를 스치는 바람이 잎새를 떠나듯 사라졌다. 저항할 수 없었다. 그녀의 뒤를 따라갔다. 그 아이 교실은 3층이었고 나는 1층이었다. 벅차고 두근거렸다. 거의 다 와 갈 때쯤 여은은 뒤를 돌더니 말했다. "그리구 나한테 왔었다는 거, 세진이한테는 얘기하지 마. 자길 좋아하던 사람이 다른 누군가를 좋아하기 시작한다면 공자님이라도 싫을 거야."

이게 우리들의 첫 만남이었다. 그때까지 그 누구도 내게 그런 식으로 얘기한 사람은 없었다. 인간의 감정에 대해 그녀에게서 섬세한 학습을 받기 시작하는 듯했다. 점심시간이 끝나가고 있었다.

이후로도 틈만 나면 이 아이를 찾아갔다.

이 친구는 워낙에 남달라서 도무지 학교생활에는 의미를 두지 않았다. 누군가 그녀에게 그 어떤 질문이라도 할라치면 아주 작은 소리로 속삭이듯 답하거나 혹은 대꾸하는 대신 노트 위에 볼펜으로 대답을 썼다. 볼펜은 언제나 보라색이었다. 이후 나도 늘 보라색 볼펜을 한두 개씩 사곤 했다.

"가수 누구 좋아해?"라고 하루는 내가 물었다. 그녀는 눈을 내리깔고 대답을 노트에 적었다. '들국화'.

노트에 적힌 생소한 보라색 이름. 지금은 누구나 다 아는 들국화. 그런 그룹을 알고 있다는 것만으로도 여은은 나와는 다른 세상 사람이었다. 그즈음 들국화를 아는 아이는 몇 반을 거쳐 하나 있을락 말락 이었다. 들국화는 당시 앨범 발매 전이어서 라이브로만 알려져 있었다. 그러니까 들국화를 안다는 건 하교 후 바깥세상을 탐색한다는 의미였다. 바깥세상, 라이브 공연을 하는 곳, 그러니까 고등학생은 가게 되어있지 않은 곳.

여은은 나의 데미안이었다. 그녀는 나보다 고작 한 살 많았으나 세상 일에 도통한 듯 처신하며 주변을 모조리 우롱했다. 기행 奇行을 일삼았다. 그녀의 모든 행각은, 애가 이다음 순간에 무엇으로 나를 당혹게 할 것인지 끊임없는 기대감에 부풀게 했다.

"우리 놀러 갈까?"

한 번은 여은이 이렇게 노트에 적었다. 횡재 같았다. 드디어 자기 세계에 나를 초대하는구나! 그녀와 나는 수업 후 보기로 했다. 그러나 문제는 '방과 후'라는 개념에 있어 서로 기준이 달랐다. 나에게 그것은 종례를 다 마친 시간이었고, 그녀에겐 수업들이 다 끝난 청소 시간부터를 의미했다. 우리가 약속장소에서 서로를 찾을 수 없음은 당연했다. 나는 바람맞은 시간을 서성이다 홀로 서점에 갔다. 폴 엘뤼야르의 시집 <이 곳에 살기 위하여>를 사서 귀가했다. 나는 귀가하는 버스 속, '연인'이라는 시에 사로잡혔다.

연인

- 폴 엘뤼야르

그녀는 내 눈꺼풀 위에 서 있다

그리고 그녀의 머리카락은

내 머리카락 속에 있다

그녀는 내 손 모양을 하고 있다

내 손 색깔을 하고 있다

그녀는 내 그림자 속으로 사라져버린다

마치 하늘에 던져진 돌처럼

그녀는 언제나 눈을 뜨고는

나를 잠자지 못하게 한다

그녀의 꿈은

환한 대낮에 태양을 증발시키고

나를 웃기고, 울리고, 웃기고……

할 말이 없는데도 말하게 한다

월요일, 또 그녀를 찾아갔다. 나는 여은에게 시집을 선물로 주었다. 여은은 거들떠보지조차 않으며 마지 못한다는 듯 그것을 받아들었다. 그리고 내뱉었다. "난 책 선물 싫어. 그중에서도 시집은 더욱 싫어."

그럴 줄은 알았지만, 멀뚱했다. 그러나 내가 여은 앞에서 멀뚱한 것은 대개 일상이었다. 어쩌면 나는 약간 피학적으로, 여은이 나를 인정해주지 않고 툭툭 튕겨내다시피 하는 것을 즐기고 있었을지도 모른다.

잠시 후 그녀의 추종자 -여은과 자주 어울렸으나 친구보다는 추종자의 느낌이었던- 가 찾아왔다. 이 친구는 다른 반의 좀 노는 아이였다. 이 아이는 여은이 데리고 간 미용실에서 여은의 권고대로 볼륨 넣은 펌에 짧은 커트를 하고 역시 여은이 골라준, 벌룬처럼 붕그렇고 하얀, 무릎을 덮는 스커트를 입고 있었다. 이런 열렬한 추종자는 그녀를 포함 둘 셋 더 있었다. 여은과 같은 반에는 여은을 광적으로 좋아하는, 소침하게 아름다운 소녀도 있었으나 어쩐지 여은은 그녀를 가까이하지 않았다.

그 추종자 친구는 여은에게 문제의 시집을 좀 보여 달라고 했다. 여은은 거절했다. 그 친구는 "왜 안 돼? 너 책이 싫다며? 시집이 싫다며? 그럼 내가 봐도 되는 거 아냐?"라고 말하며, 잔뜩 약이 올랐는지 여은에게 달려들어 책을 빼앗으려 들었다. 둘은 약간의 몸싸움을 했다. 여은은 얼굴이 벌게지도록 악을 쓰며 그 책을 사수하느라 쿵 하고 책상 아래로 떨어졌다. 그러나, 그랬음에도 책을 놓지 않았다. 그 안에 지켜야 할 보물이라도 들었다는 듯이.

　나는 적지 아니 감동했다. 내가 왜 감동하는지도 모르는 채. 그러한 마음의 결은 느껴본 적이 없었다. 그 시절에 그다지도 미묘하고도 강렬하게 완전한 개인으로만 존재하는 누군가를 본 적이 없었다. 지금까지도.

어느 야외극 무대

두근대는 엇갈림

우리 약속이 어긋난 데 대해 여은의 감정은 실망 이상이었다. 그녀는 나에게 바람맞았다고 여겨 비참해하며 집에 돌아갔다고 했다. "나, 울었어. 너한테 바람맞은 줄 알고…… 여지껏 살면서 난 정리란 걸 한 적이 없는데 그날 밤에 울고 나서 난생처음 나의 삶을 정리해봤어. 그리고 결심했어. 대학에 가기로. 너 나한테 노트 좀 보여줄 수 있니?"

무엇이 그녀로 하여금, 완전히 놓고 있던 학업의 끈을 다시 잡고 싶게 했는지? 그녀는 나를, 같이 놀며 시간 죽이는 추종자 중 하나가 아니라 자기를 나은 방향으로 이끌어줄 동반자로 여기는 듯했다. 여은의 의지처가 되어 간다는 사실이 행복했다. 나는 일단 이 친구가 잘 알아볼 수 있는 형태로 영어 문법을 정리하기 시작했다.

그리고 또 한 번, 이번엔 제대로 밖에서 만나기로 했다. 약속지점은 그녀의 집 근처 어린이 대공원이었다. 그러나 이번엔 시간을 정확히 한 대신에 장소가 불분명했다. 또 엇갈린 끝에 한참 시간이 지나서야 만났다. 각자 대공원의 정문과 후문으로 갔던 것이다. 친구는 들고 있던 우산을 한 방향으로 가지런히 접으며, 이젠 지쳐 맥이 빠졌다면서 독서실에 데려다줄 테니 그냥 나 혼자 공부하라고 했다. 어쩔 수 없이 나 혼자 그녀의 집 근처 독서실에 똬리를 틀고 앉아 공부했다. 그녀는 저녁 즈음에 와서 도시락을 내밀었다. 그리고 다정하게 말했다. "너 먹어. 그리구 이따 우리 집에서 자고 가."

그때까지 나는 친척 집 외엔 외박이라곤 해 본 적이 없었다. 하지만 그녀가 이렇게 말하자, 그녀를 거스를 어떤 명분도 찾아낼 수 없었고 찾아내고 싶지도 않았다. 곧장 부모님에게 전화를 걸어, 허락을 구하는 것이 아니라 그냥 통보를 해버렸다. 그만큼 나는 누구보다 여은에게 먼저 마음이 속해 있었다. 게다가 여은이 친구를 집에 데려가는 일이 흔치 않음을 알고 있었기에 더더욱. 그녀와 어울려 다니는 애들이라고 그녀의 집에 출입할 수 있는 것은 아니었다. 한 번은 그녀가 이렇게 말한 적도 있다. "어떤 애는 우리 집을 알려고 내 뒤를 밟은 적도 있는데, 다른 골목으로 걸어서 따돌렸어."

드디어 밤이 되었고, 도달한 친구의 방.

이상했다. 벽의 사진들 속 그녀 모습이 왜 이리 익숙했는지. 그녀를 만난 이래 약간 늦다시피 한 발견이었다. 어딘가 우리는 닮아 있었다. 나는 겉으로는 아무것도 나와 같지 않은 그녀에게서 나의 깊은 내면을 비춰보고 있었다. 각자의 안쪽이 뒤집혀 바깥으로 나온 게 우리 둘 서로의 모습인 것처럼. 희한한 거울 쌍둥이였다.

그다음 날 귀가하자마자 나는 꿇려 앉혀져 호통 섞인 엄청난 꾸지람을 받았다.

222

또 다른 일요일에는 이 친구를 내 방에 데려왔다. 희주에게 마음이 데이고 난 후 나는 여간해선 친구를 데려오지 않았었다.

나는 설탕 뿌린 토마토 접시를 여은에게 내밀었다. 그러나 그녀는 또 잘라 말했다. "나 못 먹는 거 많아. 토마토도 그중 하나야."

그녀가 까탈을 부릴수록 억제할 수 없이 마음이 끌렸다.

"그럼 넌 뭘 좋아하니, 취미가 뭐야?"

"구무희 구로라, 친구들이 날 그렇게 불러. 춤 잘 추고 로라 잘 탄다고. 색소폰 드럼 피아노 이런 것들도 좀 하고……."

계속 나는 어린아이 같은 질문들이나 해대었고 그녀는 세상을 다 안다는 듯 대꾸했다. "여자들은 아기를 좋아하지 않아?"라고 물으면, "여자들은 아이를 좋아하는 게 아니라 아이 낳는 과정을 즐길 뿐이야." 같은 말들을.

여은은 내 책상에 앉아 앞 벽을 응시하면서 예전 이야기들을 꺼내기도 했다. 그녀의 잦은 전학과 관계된 일화들이었다. 자잘한 정도가 아닌 대단한 말썽을 일으키며 산 듯했다. 학생이라던가 또래들의 경계를 훌쩍 넘어가 버린. 장난하다가 친구의 눈을 심하게 다치게 만들어 크게 변상해야 했던 일도 있었고, 한 번은 입산해서 머리 깎은 적도 있다고 했다.

이런 이야기를 들으며 밑도 끝도 없이 부러움이 앞섰다. 묶인 끈을 끊고 울타리 밖으로 탈출한 스갱 씨의 어린 염소(알퐁스 도데의 단편에 나오는)처럼, 그녀에겐 위험이나 죽음도 자유와 탐험의 그림자일 뿐인 것만 같았다.

그 당시 나는 한문 선생님과 친분이 있었다. 이전 해였다. 선생님은 학기 초 수업 시간에 맨 뒤에 앉은 내 옆을 스쳐 지나가다 말을 걸었다. "네가 래연이구나. 국어 선생님들한테 이야기 많이 들었다."

중간고사 이후쯤 나는 극심한 정서적 혼란과 두통으로 신경정신과 약을 받아먹게 되었다. 수업 중 그는 또 내 곁으로 왔다. "이따 수업 다 끝나고 교무실에서 좀 보자."

"그래, 병원에선 뭐라던? 너를 학기 초에 보니, 마치 아기처럼, 어디 가도 사랑받는 사람이란 걸 알겠더군. 그런데 창백하니 병색이더구나. 마치 내 옛날 모습을 보는 것 같았어. 결벽적이고, 지적 오만에 빠져 삶의 의미 문제로 아파하는. 선생님들은 네가 고3병 걸린 줄 알지만, 이런 병은 의사보다도 경험자가 잘 아는 법이지. 너는 죽고 싶어 하는 거지? 내가 전혜린을 본 적이 있는데, 너 꼭 그 여자 같아. 죽지는 말아라."

그때 내 마음은 너무도 세상으로부터 아득히 멀어져, 그의 말마저도 귀에 썩 꽂히지는 않았지만, 누군가가 내게 관심을 기울여준다는 사실 만큼은 적지 아니 힘이 되었다. 이후 그는 내게 이런저런 책들을 선물 했다.

우리 반 아이들은 이 선생님에게 관심이 많았다. 어떤 아이는 그가 오마 샤리프의 눈을 하고 있다며 흠모했다. 무엇보다 이 선생님은 좀 나이 든 노총각이었다. 그는 방대한 독서량을 자랑하는 지식의 보고였다. 그가 결혼하지 않은 이유를 나는 그의 지극히 민감한 성격 때문일 거라 여겼다. 그는 여학생들이 즐겨 그의 책상에 올려놓곤 하던 꽃들조차 저어했다. 목 꺾인 꽃들이 화병에 담긴 모습이 가슴 아프다는 거였다.

나는 교무실에 들렀을 때, 내게 새 친구가 생겼다고 이 선생님에게 기별했다. 그러자 그는 여은의 반 수업 때 내 친구를 찾아내었다. "네가 여은이구나."

"래연이가 말하던가요?"라고 그녀가 대답했다고 한다.

그는 다시 내게, 그녀를 보고 온 느낌을 보고했다. "그 아이는 자기만의 독특한 분위기와 기벽이 있어. 의식意識의 엑스터시를 추구하는 사람이야."

이후 더는 그녀에 대해 서로 말하지 않았다. 그런데 그로부터 2년쯤 지난 어느 날 나는 여은의 집에 놀러 갔다. 나란히 누워 밤을 보내던 중 여은은 그 선생님과의 비하인드 스토리를 들려주었다. 내게는 정제된 톤으로 그녀를 묘사함에 그쳤던 그 선생님은 이후 언젠가 여은에게 이렇게 말했다고 한다. "내가 10년만 젊었어도 너에게 대쉬했을 거다."

간이역 코스모스와 틈새라면

그해 4월, 휘날리는 벚꽃 잎에, 여은과의 첫 만남의 흥분이 매일같이 묻어 날렸다.

어느 날 여은은 난데없이 복도 끝에서부터 쪼르르 달려왔다. 대뜸 내게 물었다. "래연이 너, 저번에 가지고 싶은 거 100가지 있다고 했지? 뭐 하나만 말해봐."

얼떨떨하여 나는 중얼거렸다. "응? 글쎄, 잘 생각이 안 나."

그러자 휘리릭, 여은은 다시 복도 끝으로 사라져 갔다.

그다음 날 여은의 추종자가 내게 편지 한 통을 전해 주었다. 우아하게 봉인된 연보라색 편지지에는 이렇게 적혀 있었다. "좋아하는 100가지 중 하나를 주고 싶었는데 생각이 안 난다니 끝까지 너답다. 널 보면 언제나 4차원이란 말이 떠올랐어. 향기로운 여아女兒야, 이젠 안녕."

여은은 표면적으로는 허리 디스크로, 그보다 내면적으로는 담임과의 불화로 인해 예고 없는 휴학을 해버린 참이었다. 며칠 후 그녀의 집에 전화를 걸었으나, 수술 후 시골 목장으로 요양 가 있다는 말만을 전해 들었다. 나는 대입 시험을 마칠 때까지 그녀를 보지 못했다. 그녀의 휴학은 복귀를 염두에 두지 않은 자퇴나 마찬가지였다.

중간에 여름의 어느 날, 집으로 한 통의 편지가 도착했다. 몹시 두근두근했다. 가는 미색 골지 편지지에 그녀의 향기가 감돌았다. 병풍처럼 세 면으로 접혀 있어서, 펼쳐 옆으로 들고 가로로 읽어야 했다. 마음의 결을 따라 쓴 듯한 글씨들이 두세 군데 흩어져 있었다. 그녀의 전신사진도 한 장 붙어 있었다. 작고 희미했다.

중1 때 사람들이 내 안에서 자꾸만 뭔가를 캐가려 들어서, 하도 허해서 어느 날 슬리퍼 신고 가출했었어. 그때 사진이야.

존재 이상의 의미를 알려면 미적지근해서는 안 돼…….

나면서부터 굽은 허리 한 번 펴고 숨 한 번 제대로 쉬면 충분한 거야…….

이런 말들이 두서없이 적혀 있었다.

그녀를 대할 때마다 나는 모범생인 자신을 혐오했다. 또 다른 나의 삶이 저 앞에 있었다. 상처를 입더라도 아름다운. 나도 그동안의 반듯한 삶을 철폐하고 마음이 이끄는 대로 궁금한 모든 것을 경험하고 싶었다. 그러나 나는 제도권 안에 좌초되어 있었다.

그녀가 부재한 직후부터 나는 또 두통이 심하게 도져 신경정신과에 다녔다. 그녀는 자기 템포대로 검정고시를 마치고 나서는 미술 학원과 피아노 학원의 보조 교사로 일하기도 했다.

대입시험을 치를 무렵에 나는 신경과 약을 그럭저럭 끊었고, 시험 당일에는 우황청심환을 먹고 시험장에 들어갔다. 대입이 마무리된 어느 날엔 오랜만에 전화를 걸었다. 갈려진 세월을 이어붙이는 수화기 너머로 문득 그녀는 말했다. "여행갈까?"

단둘이 여행? 또 두근두근했다.

우리는 신촌 기차역에서 만났다. 여은은 대뜸 물었다. "백마 갈까?"

"거기가 어딘데?"라고 물었을 뿐, 내가 덧붙일 말이 더는 없었다. 그녀와 함께 하는 일에서 선택 같은 것은 나의 몫이 아니었다. 그것은 어른 세계의 안내자인 그녀의 일이었다.

연한 핑크빛 폴라 스웨터를 입은 여은은 표 사는 줄에 서서 고개를 치켜들고서, 이 세상의 모든 기차역이 나열된 듯 방대한 안내판을 쳐다보다가 작게 외쳤다. "홍성, 저기 내가 태어난 곳인데!"

처음 들어보는 지명. 그 아이가 태어난 곳이라니, 그 생소한 이름은 밤하늘의 어느 곱고 신비로운 별쯤으로나 여겨졌다.

기차 안에서 오간 대화를 기억지 못할 만큼, 달려가는 거리는 짧았으리라. 백마, 그 무렵 대학생들이 연인이나 친구끼리 삼삼오오 몰려가던 곳이라는 걸 나는 미처 몰랐다. 막걸리며 동동주를 마시는 술집에는 벽이며 칸막이며 할 거 없이 온통 낙서 천지였다. 이 가득한 낙서들! 처음 만나는 자유 속 이색풍경이었다. 거기서 또 무슨 얘기가 흘렀는지 기억도 안날만큼, 머문 시간은 딱 막걸리 한두 잔이 넘어갈 만큼 짧은 오후의 두 모금이었을 거다.

우리는 달콤한 취기에 젖어 걸었다. 기찻길을 조금 밟아갔다. 철로선 위, 좁지만 단단한 강철을 디디면 왜 꼭 발레를 하고 싶어지는 걸까? 내재한 균형 갈망을 철로선 위에 옮겨놓으며, 때때로 옆의 자갈밭으로 미끄러지기도 하면서 두 정거장쯤 걸었다. 이윽고 작은 역 하나가 눈에 띄었다.

"너 간이역이 뭔지 알아?"

"응?"

"슬픔은 간이역에 코스모스로 피어……."

처음 듣는 노래를 여은은 나지막이 흥얼거렸다. 이후 지나다 간이역만 보면 철길만 보면 이 노래가 떠올라, 눈앞에 나풀나풀 한들거리는 코스모스가 보이는 것 같았다.

짧은 여행을 마친 뒤풀이처럼 우리는 명동으로 갔다. 나의 성인 입문식은 계속되었다. 내게는 또 하나의 신세계인 음악 감상실. 그녀는 크림이 둥둥 뜬 비엔나커피를 마시며 작은 쪽지에 신청곡을 적었다. '레어 버드Rare Bird'의 '심퍼시Sympathy'. 이후 한동안 음악 감상실에서 나는 이 단어를 우려먹었다. And sympathy is what we need, my friend……. 한동안, 이 노래야말로 세상에서 가장 심금을 울리는 노래라여겼다.

그런 다음 나는 여은에 이끌려 틈새 라면에 역시 처음으로 가 보았다. 그녀는 라면값을 10원짜리 위주의 수많은 동전으로 지불했다. 그리고는 백마 선술집만큼이나 메모지들로 가득한 그곳에서 맵디매운 라면 국물을 마시더니만, 쿨하게 내뱉었다. "요즘 사귀는 오빠, 그저께는 모텔에서 잤고 다음엔 호텔 가기로 했는데 바로 어제 헤어졌어! 화딱지 나서

만 원짜리들 막 찢어발겼어……. 남자란 건 말야, 한 번 안기면 힘이 불끈 불끈 나는 존재들인데 말이야..”

이렇게 말하는 그녀에게선 섹스조차도, 관조와 몰입으로 가득한 모종의 예술쯤으로 여겨졌다. 그녀에겐, 촉수를 내밀고 페로몬을 내뿜어 수컷을 유혹해대는 허기진 암컷의 비굴한 암내는 없었다. 유혹의 과정에 골몰할 필요조차 없이 그냥 그녀 자신이 매혹의 화신이었으니.

그리고 그날 나는 눈의 여왕인 그녀에게 온종일 납치당해 있었다. 희푸름한 명동 하늘, 어른이 되어 처음 만나는 도회의 하늘에서 육각형들이 흰옷을 입고 내려왔다. 그녀가 눈의 결정으로 빛나는 자기 마차의 문을 닫고 먼 하늘로 사라지자 나는 거리에 남아 홀로 서성였다. 걷다가 만난 수레에서 그녀의 것과 흡사한 연 핑크빛 목폴라 티를 사서는, 아직도 그녀로 인한 현기증에 정신을 잃지 않으려 애쓰면서, 또 레어 버드의 엘피판을 찾아 사들고는, 아직도 아이 솜털 풀풀 날리는 내 둥지로 걸어 돌아갔다.

이후 몇 년은 더 여은을 띄엄띄엄 만났다. 그녀만의 세계 속에 도대체 무엇이 있었는지, 나뿐 아니라 여은을 한 번 본 나의 모든 지인 특히 남자들은 그녀에 대해서는 농담으로조차 자신의 마음을 포장하지 못했다. 약간 정색이 되어, 그녀의 아름다움에 함락당하지 않으려 애쓰는 것 같은 표정들을 담고 있었다.

에테르에 취한 젊음

막 대학에 들어가자마자였다. 모교의 연극 동아리에서는 신입생 환영 공연을 무대에 올렸다. 세월이 흐른 지금은 영화감독이 된 과 선배언니가 연출한 뮤지컬 '찰리 브라운'이었다. 여기에 나는 또 여은을 불렀다.

키 작고 귀여운 여배우가 양손에 흰 장갑을 끼고 스누피를 열연했다. 루시는 끊임없이 투덜대었고 라이너스는 담요를 들고 돌아다녔다. 시

234

선을 무대에 고정한 채 나는 어느덧 뭔지 모를 향기에 마음을 빼앗겨갔다. 극장 특유의 공기를 배경으로 여은의 향기가 이전과는 다른 색채감을 띠고 다가와 있었다. 마침내 연극은 합창으로 끝났다. "너는 착한 찰리 브라운~너는 친절해 누구에게나~"

밖으로 나오며 나는 물었다. "극장에서 무슨 냄새나지 않던?"
"에테르 향이야. 나한테서 그런 냄새난다는 얘기 많이 들었어."
이 에테르 향인지 뭔지가 뮤지컬의 노래와 춤을 죄다 지워 버려, 단 한 개의 노랫가락만이 뇌리에 남았다. 너는 착한 찰리 브라운 너는 친절해 누구에게나. 그런데 이 에테르 향기로 말하면, 이때가 처음은 아니었다. 진작부터, 내 방에 누워서도 그녀만 생각하면 순식간에 이 향기가 날아와 있곤 하였다. 이 향기가 느껴지는 모든 순간 그녀는 편재했고 그럴 때마다 나는 마치 더는 그녀가 세상에 없기라도 하듯 그녀를 그리워했다.

그리고 나는 연극반에 들었다. 연극에 통 문외한이었던 나는 내가 가장 좋아하는, 친구 이상의 '암므 쇠르âme sœur'(분신. 감정이 통하는 사람)가 그것을 좋아한다는 이유로, 단지 그녀의 세계를 대리 체험해 보고자, 내게는 이질적인 한 세계로 뜬금없이 투신한 것이었다. 고등학교 때 여은은 잠시 연극영화과를 가려 했었다.

머지않아 나는 여은과 함께 보던 찰리 브라운이 펼쳐지던 바로 그 무대 위에 올라 오디션을 보았다. 아니 그전에 나는 우선 입회 원서를 쓰고자 연극반의 문을 밀고 들어갔다. 아니, 그러기 좀 더 이전에는…….

처음 이루어지는 과 선후배들의 상견례 자리. 우리는 무슨 회관이라는 이름의 장소에서 짬뽕 국물과 소주가 넘실대는 풍속화 속에 들어앉아 있었다. 내 옆에는 이런 배경과는 도무지 어울리지 않는 얼굴의 언니가 앉아 있었다. 그녀는 프랑스 어느 도시에 산다고 해도 그대로 믿어질 법하게 이국적인 생김이었다. 그녀는 다정하게 물었다. "동아리는 어디들 거야?"

"연극반이요."

갑자기 선배 언니의 눈이 빛났다.

"연극반에 나 아는 남자애 있는데……. 어느 날 그 애가 굴러가는 낙엽들을 보는데 낙엽들이 이야기 하더래. '넌 언제 갈 거야?' '이제 가야지', 이렇게. 그러다 낙엽이 이 친구를 보고 묻더래, '그럼 넌?' 걔가 이 얘기 할 때의 표정을 잊을 수 없어."

요즘 세상에 그런 문학 소년이라니! 유치하다, 그런데 설렌다.

며칠 후 이윽고 내가 연극반 문을 열고 들어섰을 때, 마침 눈이 크고 맑으며 얼굴에 '나는 배우요.'라고 씌어 있는 듯한 윤곽을 지닌 어떤 선배가 앉아 있었다. '혹 이 사람이 아닐까?' 싶었다. 입회 원서를 쓰면서 흘긋, 내가 들은 일화를 던졌다. "그런 사람이 있어요, 여기?"

"아아, 윤재……"

맑은 눈의 선배는 웃어 젖혔다. 알겠다는 듯, 그런 말을 할 인물은 그 밖에 없다는 웃음이었다.

유서 깊은 연극반에 입문하려면 입회 원서가 전부가 아니었다. '오디션'이라는 걸 봐야 했다. 극장 커다란 홀. 신입 남자애 대 여섯과 나 포함 두 명인 여자 지망생. 오디션 과정에는 선배 두 명이 투입되었다. 이미 이 무대에서 본 적 있는 스누피와 라이너스였다. 우리는 차례로 무대에 올라가 여자는 라이너스를, 남자는 스누피 선배를 상대로 대사를 주고받았다. 대사는 봄 정기 공연에 올려질 '사계절의 사나이'에서 발췌된 것이었다. 나는 토마스 모어의 딸 마가렛의 대사를 읊게 되었다. 상대역, 라이너스 선배. 강렬한 눈썹, 마치 광인처럼 속눈썹까지 진했다. 이자가 바로 낙엽이랑 이야기한 장본인이었다.

오디션은 가입 당락과는 상관없이 순전히 형식적인 통과의례일 뿐이었다. 그런데 수월한 입문 절차와는 달리, 발을 들여놓은 신세계에서 우리에 대한 트레이닝 강도는 상당했고 선배들의 기 氣는 하늘을 찔렀다. 수업 후 5시에 모여 밤이 될 때까지 연습했다. 운동장을 돌며 워밍업을 하고 학교 뒷산에 올라 발성 연습을 해댔다. 저녁은 초코파이 한 개와 자판기 커피. 연극 예술인의 가난함에 대해 위장이 먼저 가르쳐 주었다. 3월의 차갑고 횅한 강의실, 우리는 헨리 8세와 토마스 모어, 울지 추기경과 노포크 경, 마가렛과 앨리스(토마스 모어의 부인)로 빙의될 준비를 갖추어 갔다. 하루의 연습이 모두 끝나면 어김없이 순댓국을 놓고 술 한 잔씩을 했다.

미팅, 엠티, 축제 등 신입생의 낭만을 모두 뒤로 한 채 방과 후 시간을 몽땅 바쳐야 하는 연습도 고되었지만, 무엇보다도 나는 선배들의 감당키 힘든 에너지에 기가 죽었다. 연극반실, 그곳에 있는 것 자체가 한 편의 연극 같았다. 그 악동들은 끝없이 새로운 놀이를 만들어 내곤 했는데, 어떨 땐 연극반 모든 인원의 이름에 하나의 돌림자를 넣어 부르기도 했다. 윤영이며 순정이 같이 얌전한 이름들도 짓궂은 돌림자 '간' 자와 만나면 험한 이름이 되고 말았다. 그리고 선배들이 내뿜는 모든 이야기는 시작은 뭐였건 종국에는 사필귀정처럼 음담패설로 귀착되었다.

그들은 청춘의 모호한 불안에 압도당하기는커녕 의기양양하게 그것을 지배했다. 나는 그들 앞에선 함부로 필 엄두도 못 내고 기가 잔뜩 죽은 비실비실한 꽃일 뿐이었다. 선배들은 나나 윤재 선배 같은 부류를 힐난했다. "이 연극반에 문학소년 소녀들이라니, 안 돼애." 이들에게 문학 따위는 창백하고 허접한 샌님 취급을 받았다.

봄 정기 공연 시始 파티에서 나는 소주의 세계에 입문했다. 질펀한 술자리, 귀여운 스누피 언니는 선배들에게 호출되어 앞에 나가 이광조의 '노래'라는 노래를 불렀다. 아무도 듣지 않아도 혼자라도 좋아요, 우리

살아가는 기쁨으로 나는 노래할 테요, 언제까지나~

그동안 나는 홀짝홀짝 잔을 비워댔다. "얘, 잘 마시네!" 연출 선배는 내 잔을 채우고 또 채웠다. 무려 두 병을 비우기까지 얼굴색 하나 변치 않던 나는, 일어나려는 순간에야 내 몸이 통제를 벗어나 있음을 느꼈다. 술은 마시는 즉시 취하는 액체라 믿었기에, 두 병을 비울 때까지 취기가 오지 않음을 스스로 신기해하며 계속 들이켜 댄 거였다. 취기란 나중에 방문하는 무엇이었다. 젊음처럼 달콤한 기만이었다!

이튿날 반 실에 들어가자 내 별명은 '고래'가 되어있었다. 선배들은 내 살을 은근히 꼬집으면서 "아이고, 하얀 밍크고래네. 나, 고래 고기 먹고 싶어."라며 농을 해대었다. 그날 이후 다시는 그런 속도로는 마시지 않게 되었다.

확실히, 연극반에 나를 함몰시키기에 내 자의식은 만만치 않았다. 그곳은 멋지고 경이로웠지만 그들의 에너지와 동화되기는 힘들겠다는 괴리감이 내 동물 털옷의 지퍼를 좌악 갈라 제친 어느 날, 나는 연습 시간에 불참하기 시작했다. 입학 이래 방과 후 시간이 처음으로 오롯이 내 것이 되었다. 약간의 평화가 찾아오는 듯도 했다.

키스가 된 혜성

"아주 고약한 열이군요."

"고약한 열이라니?"

"나귀가 될 열이어요."

"그런 열도 다 있나? 처음 듣는 소린데……."

　그러던 어느 날, 정오가 잔디 위에 살짝 발자국을 내려놓을 무렵 나는 학교의 파인 힐 - 소나무가 많이 심어진 언덕이 있었다. - 옆을 지나가고 있었다. 못 본 척 지나치기엔 충분히 가까운 거리에 연극반 선배 둘이 앉아 있었다. 그때까지도 별반 낯선 타인이었던 라이너스가 거기 있었다. 그들은 내게 손짓했다.

　그들이 나의 결석의 이유를 캐묻거나 하지는 않았다. 대화 중간에 라이너스와 나는 잠시 자판기 커피를 뽑으러 가려고 일어섰다. 커피머신이 찔끔찔끔, 자신의 방광에서 마지막 방울들을 쥐어 짜내는 동안 윤재 선배는 말했다. "넌 무대에 서면 나랑 키가 딱 맞겠구나."

마음의 귀화 절차는 참으로 단순하다. 단 한 마디에 건드려진 하나의 줄이 다른 줄들에게로 음을 퍼뜨려 나르기 시작했다. 손윗사람의 온기와 흡입력에 기대고픈 이 감정은 사랑보다는 귀속감이라 부르면 적절할 것이었고 한편으로는, 같은 곳에서 온 느낌 비슷하기도 했다. 이 느낌은 어쨌건 그가 다른 여자들하고도 분모를 만들고 돌아다님을 알기 전까지는 내 마음에 한 개의 강렬한 화염을 피워 올렸다. 그는 자신이 바람둥이까지는 아니지만 바람돌이 정도는 된다고 자처했다. 어차피 내게는 그거나 저거나 마찬가지였다. 일단 그는 여자들과 코드가 맞는 남자였다. 여자를 밝혔다고도 볼 수 있지만, 그는 여자 집합 전체와 감성과 무의식이라는 영역을 공통분모로 삼았다고도 말할 수 있다. 강렬한 외모와는 달리 그의 내면은 신성한 뮤즈들에게 고용되었다고 할 만큼 섬세했다. 노래와 춤, 연극, 시와 희곡의 신전에서 그는 횃불을 들고 점화하며 회랑을 순회하였다. 어린 내게 그는 영락없는 예술의 신神처럼 보였다. 멀리서 그가 지나가면 아폴론 신, 하나의 태양이 걸어가는 것 같았다.

그런데 사람에게는 저마다의 태양이 있거나 혹은 한 사람 당 여러 개의 태양도 가능한 건지, 연극반 선배 중에는 지나가는 남자들을 두고 "오, 나의 태양!"이라고 타령하는 언니가 있었다. 어느 날 그녀는 누구에게도 이 표현을 쓰지 않아서, 나는 궁금해져 물었다. 그녀는 개구지게 대답했다. "응, 다 쏘아 떨어트렸어."

그러나 그는 내게, 쉬 쏘아 떨어트려 버리기에는, 아주 첫 번째 태양이었던 셈이다.

하여간 그의 딱 한 마디에 나는 다시 극예술의 세계로 투항하고 말았다. 꼬박꼬박 연습에 참여하였고, 곧 있을 정기 공연에서 미미한 단역이나마 맡게 되었다. 대학 축제 공연치고는 꽤 길고 방대한 '사계절의 사나이'(로버트 볼트의 원작 희곡)는 러닝 타임 세 시간짜리로, 연극반 대다수가 동참하여 완성시켜가는 서사극이었다.

다들 이 서사극의 장場 속에서 사는 동안 개인 각자의 배경은 어느 정도 소실되고들 있었다. 나만 해도 우리 과 사람들과는 어울릴 기회가 없었고 공부는 고등학교 때 익혀놓은 프랑스어로 버티고 있었다. 지금은 영화감독이 된 같은 과 언니는 중급 프랑스어 회화 인터뷰 시험에서 위 혹은 농(예 혹은 아니요) 두 가지의 대답만으로 때웠는가 하면, 철학과인 연출 오빠는 미학 시험에서 '데카르트가 말한 미美의 정의를 쓰시오.'라는 문제에 '데카르트가 말하길, 미는 아름다운 것이라고 했다.'라고만 써내었는데도 F를 맞지 않았노라고 낄낄대었다.

라이너스, 그와 더불어 시작된 봄이 낮으로 밤으로 흐르기 시작했다.

어느 날 나는 문과대 건물 앞 풀밭에 발을 담그고 다이어리를 적어 내려가고 있었다. 고등학교 때에 이어 '갖고 싶은 것 100가지' 아이템을 메워가는 참이었다. 이 시리즈는 생각날 때마다 짬짬이 채워갔기 때문에, 새로 하나를 추가할 때마다 앞에서부터 전체를 다시 차근차근 음미하는 기쁨이 따랐다.

그런데 이제 웬 남자가 내 소망의 세계를 들여다보려는 참이다.

"뭘 쓰고 있었어?"

"아무것도요, 뭐, 그런 게 있어요."

그의 눈빛은 어느새 내 노트를 짚어 더듬어간다. 내 가슴으로는 분수가 솟구쳐 오른다. 그는 '기쁨'이라는 항목에서 멈추었다. 아이라인을 그린 듯 짙은 눈빛이 진지해진다. "즐거움이라는 것도 있잖아? 기쁨과 즐거움의 차이는 뭐지?"

"즐거움이란 건 보다 일상적인 소소한 것이고, 기쁜 건…… 풀뿌리에 햇빛이 와 닿는 거 같은 거죠."

그가 내 기쁨의 열쇠가 될 수 있을까?

문득 저쪽에서 웬 여자가 그에게 아는 척을 하며 스쳐 지나간다. 그도 가볍게 눈인사를 한 다음 말을 이었다. "저 친구 정외과로 전과했는데,

속에 보석이 든 친구지. 작년에 친했는데, 지금 나 보고 왠지 서운해하는 거 같은 표정이야."

멀어져 가는 그녀 얼굴은 마치 프랑스 인형 같아 보였다. 어째서였는지, 그 시절 그 캠퍼스, 내 주변으로는 온통 독특하고 예쁜 별들이 가득 반짝이고 있었다.

어느 날 반 실에서 그는 들국화의 '제발'이란 노래를 불렀다. 제발 그만해줘 나는 너의 인형은 아니잖니? 너도 알잖니? 다시 생각해봐 눈을 들어 내 얼굴을 다시 봐 나는 외로워 난 네가 바라듯 완전하진 못해 한낱 외로운 사람일 뿐이야 제발 숨 막혀 인형이 되긴 제발 목말라 마음 열어 사랑을 해줘…….

나는 외로워 외로워 외로워 외로워 제발… 제발…….

여름 가까이 나는, 보라색 잔꽃 무늬 펀칭이 들어간 검은 상의에 역시 검정의 긴 망사 스커트에, 가운데에 나비 모양이 장식된 널따란 벨트를 매고는, 연보라색 리본이 달린 밀짚모자를 쓰고 다녔다. 그때에는 누구도 모자 따위를 쓰고 등교하지 않았으므로 모자는 모두에게 좀 눈에 띄었다. 이 집시 같은 망사치마 역시 나중에 연극개론을 듣던 학생들이 공연을 위해 빌려 가기도 한, 확실히 일상적이지는 않은 옷이었다. 이 치마를 입고 걸으면 뒤에서 연극반의 복학생 선배가 소리치곤 했다. "어이, 에스메랄다(빅토르 위고의 소설 <파리의 노트르담>의 여

자 주인공. 춤추는 집시), 어이 여배우!".

에스메랄다, 그날도 에스메랄다 치마를 입었다. 라이너스와 나는 교정을 거닐다가 한적한 산자락에 나란히 앉았다. 어느새 자연스럽게 내 무릎 위엔 그의 머리가 얹혔다. 쉽게 밀어내기 힘든 눈빛으로 그가 말했다. "지금 제일 하고 싶은 게 뭐니?"

그 상태에서 다른 무엇을 생각할 수 있을 리가! 담담하고도 뻔뻔히 대답했다. 가는 목소리로 세 음절. "기쁜 일."

그는 내가 말을 더 이어나가게 두지 않았다. 고개를 약간 들더니 내 입을 막았다.

첫 키스는 배 속 깊이 흘러, 전율은 내장 깊숙이 숨은 우주를 찾아 들었다. 그 안에서 혜성이 꼬리를 길게 그으며 돌고 있었다.

나중에 어찌 되던지, 그런 선물은 영원히 '기쁜' 일이었다. 이렇게 해서 100가지 선물 중 적어도 한 가지는 받은 셈인데, 나머지 99가지는 사라진 다이어리와 더불어 그대로 소실되었다.

그는 키스를 통해 감기 또한 전염시켰다. "윤재도 감기 걸렸던데, 너희 뽀뽀했지?" 반 실에서 연출 선배가 놀렸다. 깊고 달콤한 감기였다. 혜성이 떨어지는 곳이 보이지 않듯, 이 감기가 기왕이면 오래 가 좀체 낫지 않길 바랐다.

그러나 봄밤은 길었지만 여름은 짧았다

축제 철이 가까워져 가면서 우리는 각자 곧 있을 공연의 배역을 받았고, 연습은 점점 늦게 끝났다. 소소한 뒤풀이들이 이어졌으며, 여전히 바깥 세계하고는 담을 쌓은 채 연극반이라는 소우주 안에서 삶이 흘러갔다. 이문세의 '휘파람새'와 다섯 손가락의 '새벽 기차' 그리고 무엇보다 '저들에 푸르른……'으로 장렬하게 어깨를 걸고 목청 놓아 부르던 신입생 엠티의 시절은 아득해졌다. 비 오는 날 카페에 가면 '수요일에는 빨간 장미를' 하는 노래 가사가 흘러갔다.

그리고 라이너스와 나는, 넋끼리의 유대와 교감의 의식을 치르듯 시간의 틈마다 키스를 이어갔다. 그것이 정확히 남녀 간의 사귐이었냐 하면 그렇지 않았다. 단지 우리는 같은 궤도를 돌다가 시시때때로 예기치 못하게 날개를 부딪는 철새들처럼 피치 못할 마주침을 매번 기념했다고 볼 수 있다. 현실 안에서 형체를 만들어가는 감정의 덩어리는 아니었다. 같은 데서 왔고 같은 세계에 속하는 사람, 하지만 언제나 헤어져 있어야 하는 운명을 음미하기라도 하는 것 같은 의식이었다. 그러나 적어도 내게 그라는 존재는, 그때까지 또래 여자애들에게만 몰두하던 나의 에너지가 처음으로 눈 뜬 최초의 이성이었다. 새끼 오리가 만난 첫 번째 존재였다. 이러면서 나는 소위 사랑이라는 현상에 내재한 하나의 갈등을 알게 되었다. 자아 융해 욕구와 자아 유지 본능 사이의 갈등, 다시 말하면 대상에 함몰되고 싶은 욕구에 저항하여 살아남으려는 자아의 피 튀기는 전쟁 드라마. 하나의 개체 안에서의 이 힘겨운 줄다리기란, 존재할 것인가 그렇지 않을 것인가 하는 햄릿의 물음으로 돌아간다. 나는 점점 망아忘我의 두려움에 사로잡혀갔다.

두렵고 떨리지만 맞닥뜨리지 않을 수 없는 첫날밤처럼 우리의 축제가 도래했다. 다들 무대 위에 오를 준비가 되어있었다. 우리는 어느덧 분장실에 당도해 있었다.

등장인물의 수가 제법 많은 서사극에서 그렇지 않아도 여자 배역이라고는 세 개가 전부였다. 죄다 단역이었는데 내 역할은 그중에서도 가장 단역이었다. 그러나 의상만큼은 가장 화려했다. 높은 신분으로 증인으로서 법정에 출두한 여인의 차림이었다. 라이너스가 직접 내 분장을 그려줬다. 내 얼굴은 약간 위로 그를 향하여 쳐들고 있었다. 그는 광인 같은 짙은 눈을 내게로 내리 향하고, 굵고 진한 아이라인을 붓으로 세심하게 그린 다음, 하얀 물감을 찍어 눈꼬리 끝에 커다란 점을 찍었다.

"이게 미인 점이라는 거야. 멀리서 보면 돋보이는."

"의상, 분장만으론 고래가 주연이야."

"죽인다."

옆을 지나던 선배들이 농을 던졌다.

처음에는 강렬하고 달콤했기만 했던 키스들은 점점 더 후유증을 불러왔다. 그렇지 않아도 산산이 분열되어 있던 그즈음의 자아는 영원히 수렴되지 않을 듯한 존재 덩어리를 질질 끌며 배회했다. 그러는 사이, 당시 어디서고 자주 들려오던 조지 윈스턴의 앨범 이름처럼 어느덧 어텀과 디셈버가 도래하면서, 동기들과 더불어 홍대 인근에 포스터를 붙이고 카페마다 티켓을 돌리며 예쁜 성냥갑들을 모으고 다니던 그해 겨울까지 죽, 나는 붕괴해 가고 있었다.

겨우 키스 가지고? 아니나 다를까, 이런 나를 슬며시 비웃는 선배가 하나 있었다. 그에 대해선, '그리스 로마 신화'라는 교양 과목을 같이 듣는, 같은 과科 선배라는 것 말고는 그다지 아는 것이 없었다. 그로 말하자면, 내게 별다른 매력을 주는 존재는 아니었다. 그의 존재감은, 그럭저럭 편한 데다 스타일도 괜찮은 선배 정도로 뇌리에 들어와 있었다. 그런데 다른 여자애들에겐 그렇지 않았다. 연극반 동기 여자애 하나도, 종종 그와 내가 라운지에서 대화하는 것을 보고는, 그에 대한 호기심을 가득 품고 내게 캐물어 온 적이 있었다. 그런가 하면 같은 과 친구 하나는 평소 식당에서 그를 바라보며 밥을 먹는다고 했다. 그를 '몬 아페티 mon appétit'(나의 입맛 촉진제)로 불렀다. 대개들 이랬는데, 나야 정신이 다른데 팔려있었으니 그의 진가를 알아보지 못했으리라.

그는 늘 도서관 라운지 −줄여서 도라지라 불렸다.− 에서 사발면을 먹곤 했는데 그가 면발을 흡입하는 과정엔 허겁지겁하는 기색이라고는 없었다. 그는 인스턴트 면 하나조차 퍽 여유 넘치는 몸짓으로 격조 있게 먹곤 했다. 돌이켜보건대 그는 이후에 내가 본 어떤 이하고도 겹치지 않는, 독특한 위트와 우수가 적절히 섞인 아웃사이더의 풍모를 하고 있었다. 왜 그때는 이런 개성에 내가 사로잡히지 않았나? 역시 나는 다른 데 마음을 판 나머지 완전히 마비되어 있었다.

그와는 같은 수업을 들어 겨우 면이 있는 정도였다. 그러다 어느 소나기가 내리던 날이었다. 나는 비를 핑계로 멀리 있는 건물의 수업 하나를 포기하고서 라운지에 머물고 있었다. 그날 갑작스러운 소나기로 말미암아 만원이 된 도라지에서 그와 그의 친구 한 명이 내 테이블로 왔다. 그의 친구 한 명은 그에 비하여 상대적으로 얼마나 존재감이 빈약했는지, 지금 와선 사람 형상이 하나 딸려 있었다는 정도로 기억된다.

이 둘이 내게 양해를 구하여 앉았고, 곧 그는 말을 꺼냈다. "처음 봤을 때 인상이 특이해서 기억에 남았는데 매번 볼 때마다 자고 있더라고."

그가 편안했는지 나는 이런 말이 부끄럽지 않았다. 부끄럽기는커녕 그가 나를 유심히 보았다는 사실이 흡족했다. 그의 말에 약간 신이 난 나는 같은 수업을 듣는다는 공유점을 찾아 말을 이어갔다. "그리스 로마 신화 그 강사, 참 탄력 있게 생기지 않았나요?"

그는 대꾸했다. "오늘도 줄곧 그 여자 엉덩이만 봤어. 가끔 그 여자 웃음, 방정맞고 색정적이지 않아요?"

그의 말에 나는 자지러졌다. 딱 맞는 표현이었다. 찰랑거리는 아코디언 주름의 롱스커트가 둘려진 그녀의 엉덩이는 그녀가 필기하러 돌아설 때면 형언하기 힘들게 육감적이어서 절로 눈이 갔다. 그런 그녀가 가끔 자기만의 세계에 잠겨 있다가 문득 터져 나오는 감흥을 감추지 못하고 웃어젖힐 때면, 그 목젖으로부터 숨길 수 없는 관능이 석류처럼 터져 나왔다.

우린 유독 그 한 철 그 라운지에서 자주 이야기했고 그때마다 그는 방금 국물을 들이킨 사발면을 앞에 두고 멋들어지게 담배를 피웠다. 어쩌다 드물게도 수업에 잘 집중했던 어느 날 나는 의기양양하게 말했다. "오늘은 나, 수업 시간에 자지 않았어요." 선배 또한 지지 않고 말했다. "나도 오늘은 그 여자 엉덩이 보지 않았어."

가끔 그는 나의 내밀한 고민을 별 코멘트 없이 들어주곤 했다. 한 번은 내가 카페에서 라이너스에 대한 번뇌를 늘어놓자 이날따라 어쩐지 그는 약간 시큰둥하게 물었다. "그 사람이랑 자 봤어요?"

그는 실망한 듯이, 자보지도 않고 그 타령을 한다면 그건 사랑도 뭣도 아닌 어린애 장난일 뿐이라고 조소했다. 그런데 그 조소에는 왜 분노가 섞여 있는 것처럼 느껴졌는지. 그 이후로 그와는 썰렁해져 보는 일이 뜸해져 버렸다. 나는 그의 말처럼 유치했으나 그렇다고 감정의 관성을 멈추기란 어려웠다.

그것만이 내 세상

다랑어는 물 밖으로 꼬리를 내놓았습니다. 피노키오는 땅바닥에 무릎을 꿇고 엎드리자 다랑어와 입을 맞추었습니다. 세상에 나서 아직 한 번도 이런 마음에서 우러나오는 뜨거운 사랑을 받아 본 적이 없는 다랑어는 너무나 감격해서 눈물이 쏟아져 나왔습니다. 다랑어는 조금 창피한 듯 얼른 머리를 물속에 틀어넣더니 모습을 감추고 말았습니다.

그런가 하면 내 주변엔 바로 연극반 동기 남자애들도 있었다. 그들은 나름 기발하거나 음탕했다. 코가 도드라지게 큰 대철은 뮤지컬 스타를 꿈꾸었는데 그가 개중 그나마 유일하게 제정신인 인물이었다. 철학과의 승헌은 나와 더불어 우리 학교 상담실에 호출된 단골이었다. 우리 둘 다, 신입생 대상 심리 설문지의 불안과 우울 등을 측정하는 모든 항목마다 '매우 그렇다'고 답을 한 때문이다. 장난으로 그런 게 아니라 실제 나는 상태가 정말 좋지 않았다. 하느님도 통합시켜 줄 수 없을 절대 혼란의 자아였다. 승헌과 나는 연극반 내에서 공식 사이코로 통했다. 승헌의 목소리는 낮고 음울했다. 농담조차도, 가라앉은 구름 같은 말투로 늘어놓곤 했다.

이 외에도, 삼수를 해서 우리보다 나이가 두어 살 더 많았던 민기는 성性 전문가 행세를 했다. 어느 날 그가 말했다. "여자는 생리 때 가장 성욕이 많아진대."

"그걸 어떻게 알았어?"

"여자가 말해줬어, 잠자리에서."

그는 얼굴 근육을 살짝 일그러뜨려 눈을 찡긋해 보이며 키들거렸다.

그러나 내 눈에 동기들은 대체로 애송이었다. 그들의 외모건 지성이건 내겐 어딘가 와 닿지 않았다. 그 대신에, 눈을 끄는 외모도 아니지만 무언가 다른 것을 가진 듯 보이는 친구 하나가 내겐 오히려 흡입력이 있어 가깝게 지냈다. 나는 그에게서 윤재 선배와는 다른, 일종의 연민과 형제애 같은 것을 느꼈다. 그와의 사이에선 치솟는 화염이 주는 고통이 없었다.

종교학과의 선경이. 그는 나와 관계하여 별명을 하나 스스로 지어 가졌다. 콰지모도. 내가 그 마성의 에스메랄다 치마를 입고 나타난 날 그리되었다. 그는 선배를 바라보는 나를 바라보며 연민을 품었다. 감정의 팔레트 위에서 연민과 호감은 인접해 있어 번지기 썩 좋은 색들이다. 그리하여 선배를 바라보는 나를 바라보는 그의 연민은 안타까움으로 바뀌었다가 이내, 자기보다 많이 우월해 보이는 상대 수컷에 대한 묘한 적개심으로 변하여 갔다. 콰지모도에게 윤재 선배는 이것저것 다 가진 푀뷔스 (<파리의 노트르담>에서 에스메랄다가 사모하는 남자)였으니. 우리는 감정의 색을 교대로 섞어가며 칠했다.

그러던 어느 날, 축제 때였다. 나의 모든 고뇌 어린 넋두리를 들어주던 선경과 더불어, 우리는 바로 직전 모임으로부터 얼근히 취해 있었다. 이 명정 상태에서 우리는 소나무밭으로 갔다. 자판기 커피를 뽑아 들고서 선경은 장난과 진지가 섞인 투로 나직이 자리를 권했다. "메랄다 아가씨, 앉으시죠."

"메랄다는 뭐야?"

"응, 에스메랄다, 줄여서 메랄다."

투박하고 낮은 듯 단호한 말투였다.

곧 우린 나란히 누웠다. 가슴은 하늘로 열리고 바람은 가슴으로 스며들었다.

"에스메랄다, 머리카락 한 가닥만 만져도 돼?"

그는 고개를 내 쪽으로 향하고 간청했다. 목소리엔 우수와 체념이 가득했다. 나는 머리카락 한 올을 기꺼이 내주지 않을 수 없었다. 무겁고 순수한 정열일랑은 자기 가슴에만 담은 채, 나를 탐하기보다 고스란히 숭배하기를 택한 그에게서는 이상한 존엄이 흘렀다. 적어도 이 순간 내 안엔 화염이 진정되고 등불만이 그윽했다. 마침 소나무 언덕 주변으로 저녁 가로등이 하나둘씩 점화되고 있었다.

이 첫 축제 때 우리의 정기 공연 준비는 막바지에 달했다. 우리는 뒷산에 진을 치고 연습하다가 저녁이 되면 모닥불을 피우고 앉아 노래를 부르고 한껏 마셔댔다. 여기서 놀던 나는 화장실에 가려고 체육관에 들렀다가 거기서 같은 과 성욱을 마주쳤다. "어, 래연! 너, 들국화 볼래?"

성욱은 나를 다짜고짜 들여보내 주었다. 학교 밴드에서 드럼을 치는 이 친구는 그날 축제 공연에 참여했는데 이때 하필 게스트는 '들국화'였다. 그 전 가을 처음 발매된 음반으로 들국화는 언더그라운드를 넘어 가장 핫한 그룹이 되어있었다. 전인권이 내어 지르는, 전대미문의, 급습한 새벽 같은 포효에 사람들은 전율했고 그들은 당대 하나의 신드롬이 되었다. 그리고 내게 들국화는 무엇보다 바로 여은의 추억이 깃든 밴드다. 지금은 윤재 선배가 차지한 마음의 방 뒤편 너울 속에서 여전히 수렴청정 중인 내 소년기 신비 여인 여은.

성욱 덕분에 거저 입장한 나는 2층의 화장실로 향했다. 화장실 근처엔 마침 4명의 머리 긴 남자들이 포진하고 있었다. 취기에 힘입어 담대해진 나는 다가섰다. "들국화죠? 잠깐 구경 왔어요."

들국화들과 여러 마디를 나누었다. 술기운을 빌려서나 나눌 수 있던 흉금 없는 대화 같은 것들. 들국화라니! 여은에게서 그들 이름을 처음

들은 지 1년 만에 나는 그들을 눈앞에 두고 그들과 이야기하고 있었다. 이 예외적인 사실이 왜 그때는 그토록 자연스러웠는지.

그리고 곧 학교 체육관 무대엔 그들 순서가 찾아왔고 '행진~ 행진~ 그것만이 내 세상~'이 이어졌다. 울고 웃던 모든 꿈, 그것만이 내 세상이 었다. 나는 그런 날들을 가졌었다.

바람 부는 섬에게

"아버지, 해 봐야 알 수 있는 일이 아니어요? 어차피 우리는 죽을 몸이니 한
데 껴안고 같이 죽어버리지요."

선경의 나를 향한 연민과 안타까움, 선배에 대한 적개심은 둘둘 뭉쳐져 굴러가다 마침내는 다른 쪽으로 방향을 틀었다. 어느 날이었다.

"너, 소개팅시켜 줄까?"

"누구?"

"우리 과에 말이야. 불문과 부전공인 애가 있는데 곧 불문과로 전과할거야. 걔 어머니가 잘 알려진 불문과 교수고. 분위기 있는 앤데 나랑 친해."

선경이 어떤 마음으로 이 이벤트를 준비했는지, 거기에까지 마음 쏟을 여력이 없었다. 그때는 여백들을 살피는 나이가 아니었으니. 세상의 드러나 튀어나온 것들에만 마음 쏟기에도 벅찬 시기였으니.

하여튼 선경에 따르면 훤칠한 키에 권태 가득한 얼굴을 한 그 불문학 지망생은 가끔 한숨을 푹 내쉬며 이렇게 읊조린다고 했다. "바람이 분다, 또 살아봐야겠다."

이 구절은 처음 윤재 선배의 낙엽 에피소드를 들을 때만큼이나 뇌리에 각인되었다. 선경은 그것이 프랑스 모 시인의 시 구절이라 했다. 여차저차, 어느 날 도서관에서 이 구절을 발견했다. 그것은 폴 발레리의 '해변의 묘지'의 끝 구절이었다. 곧 나는 새로운 '바람의 남자'를 기대하고 있었다.

그러나 그 후 소개팅 이벤트는 순조로이 진행되지 않고 계속 지연되었다. 미지의 그와 나의 운명의 별은 더 이상 가까워지지 않은 채 각자의 궤도를 돌았다. 어쩌면 선경이 나의 마음을 선배로부터 떼어놓기 위해 강력한 다크호스를 하나 내 앞에 등장시키려 했다가, 막상 실현에 옮기려니 그것이 진정 자신이 원하는 그림인가에 회의를 느꼈을 수도 있다. 이 소개팅에 대해 선경에게 가끔 물었지만, 기말시험이니 다른 미팅이니 뭐니를 핑계로 소개팅은 멀어져 갔다.

이런 참에 우리 과 여자애 중 하나는 자기 동아리 회장을 내게 소개해 주고자 했다. 나는 그림 그리는 남자에 대한 환상이 있었는데, 바로 이 남자애야말로 천재적으로 그림을 잘 그린다는 것이었다. 이 미팅에 나는 얼마간 건성이었다. 그런데 정작 세월이 지나 '좀 더 진지했더라면!' 하는 후회를 불러오는 건 대개 이런 관계다. 내성적인 상대의 아름다움을 제때 알아챌 능력이 있다면 그건 이미 젊음이 아니라 할 정도로 젊음은 어리석으니.

아닌 게 아니라 이 미술반 친구로 말하면 오로지 나만을 위해 줄 법한 남자였다. 이상하게도 여자들은 이런 남자에게는 별 흥미를 갖지 못해 기회를 망쳐 버리곤 한다. 첫 만남 이후 곧장 여름방학이 되었고 나는 그에게는 별 연락 없이 다리 수술을 하러 입원했다. 선경은 방학을 맞아 중국집 배달 아르바이트를 했다. 그러다 내가 퇴원하여, 소개팅을 주선했던 여자애를 마주쳐서야 의외의 경과를 알게 되었다. 소개받았던 화공과 윤호가 방학 내내 나를 찾고 또 기다렸다는 것이다.

윤호를 다시 마주쳤을 때 그의 표정은 반가움 이상이었다. 열띤 마음이 고스란히 읽혔다. 이즈음 나는 아버지의 군복 중에서 얇고 커다란 연카키색 셔츠를 골라잡아 헐렁하게 걸쳐 입은 위에 까슬까슬한 촉감의 진한 남색 스카프를 두르고, 착 달라붙는 흰 바지를 입고 다녔는데, 그의 시선은 나를 아래위로 강하게 훑었다. 그때 알게 되었다. 시선만으로도 껴안을 수 있다는 것을. 미안하게도 내 마음엔 별 파동이 없었지만 어쨌든 약간은 짜릿했다. 이 때문에 그냥 그의 여자 친구로 있게 되었다.

그는 수줍은 열정의 화신이었다. 또래 남자애들처럼 젊은 혈기에 껄떡대거나 하지 않았다. 그는 자신의 창백한 얼굴처럼 단지 감성으로만 넘쳐나는 순백의 남자였다. 그와 나는 교정 안에서 하나의 그림을 이룰 뿐 언제까지고 동영상에는 이르지 않았다. 잔디 덮인 계단 위에서 그는 좋아하는 일러스트를 내게 한 장씩 넘겨 가며 보여주거나 홍대 전시회에 나를 데려가거나 했다. 당시 외국 방송에서 일요일 이른 시간에 나오던 만화 여주인공의 대단히 청순한 얼굴을 그려 선물하는가 하면, 교내 전시회에 출품했던 자신의 커다란 파스텔화를 주저 없이 내게 주기도 했다. 그 선물들을 더 잘 간직했어야 옳다. 이 학기 이후 내가 별 예고도 없이 휴학하자 그는 내게 다정한 편지들을 수차 보내주었다. 우리 사바세계의 인간들이란, 자기에게 배당된 천사를 알아볼 안구를 박탈당한 채 지상에 떨어지는지도 모른다. 내가 딱 그 꼴이었다.

이런 보물 같은 남자 친구를 딱히 남자 친구라 여기지도 않고 단지 '여자 친구로 있어 준다' 정도의 껄렁한 마인드로 지내며, 팜므 파탈로서의 나는 다른 데를 쳐다보고 살았다. 윤재 선배는 여전히 마음에 짐이었다. 그로부터 나의 자아를 건져내려고 발버둥 치느라, 학교 갈 때마다 늘 새로운 결심을 했다. 오늘만큼은 반 실에 가지 않겠다. 그러나 내 발걸음은 의지를 배반하여 본능을 추종했기에 결국 그와의 야릇한 관계는 계속 이어질 수밖에 없었다. 우리는 때때로 카페에서 그동안 쓴 서로의 시나 글들을 보여주고 그즈음의 상념과 고뇌들을 나누다가는 아주 당연한 듯이 키스했다. 이 의식을 멈추기에는 중독은 깊었다. 그에게서는 애프터 쉐이브처럼 강한 스킨 냄새가 났는데 그게 무슨 망해 먹을 페로몬을 발산했는지, 그를 생각하면 어디에서고 그 냄새가 났다. 나는 아주 미쳐갔다. 망할 페로몬! 망할 애프터 쉐이브!

한편 그해 가을 시국이 몹시 불안정했다. 9월은 통째로 휴교였다. 나는 연극반 외에도 또 하나의 동아리 '사 바!ÇA Va!'라는 불어 연구회 (줄여서 '불구회'라 불렀다)에 들어 있었다. 이 모임에서는 휴교 기간 동안 일일 카페를 준비했다. 그리고 그것은 여느 일일 카페가 아니었다. 회원들이 서빙을 하다 차례로 나가 노래를 부르거나 시를 낭송하는, 이른바 '시와 샹송의 밤'이었다. 시는 기타 반주에 맞추어 두어 명이 읊기로 되어있었고 나머지 사람들은 각자의 레퍼토리를 준비했다. 선배들은 조르주 무스타키의 '고독'이란 노래를 한글로 번안했고 혹은 한대수의 '행복의 나라로'를 불역하여 부르기도 했다. 목소리가 부드러운 듀엣이 달리다와 알랭 들롱의 '파롤레 파롤레'를 주거니 받거니 부르는가 하면 우리 일 학년 여자애들은 한껏 예쁨을 뽐내며 '사랑은 기차를 타고'라던가 '당신의 얼굴에서 나는 보네' 따위 노래들을 소화해냈다. 또 '라리아네의 축제'라는 기타 곡의 반주에 맞춰 폴 엘뤼야르의 시 '자유'가 나직하고 힘 있게 흘러갔다. 우리는 학교 앞 카페 '피에로'를 빌렸고, 메뉴판도 이상야릇한 법칙에 따른 프랑스어 번역으로 익살을 살려 제작되었다.

이날을 위해 새로 빚어진 문법에 따르면, '안주'는 '안 酒', 그러니까 술이 아니라는 의미에서 '파 달쿨Pas d'alcool'이 되었다. 이날 하루를 위하여 우리는 9월 내내 회원 몇몇의 집들을 돌아가며 연습했다. 간간이 누군 가의 어머니가 내 온 맛난 튀김 같은 간식을 먹어가며 몰려다녔다.

문제의 일일 카페 날, 윤재 선배와 윤호가 각각 도착했다. 한편 나는 서빙을 하다가 옆 학교 체육과의 꽤 생긴 남자애와 즉석 미팅도 했다. 좋 아하는 남자와 공식 남자 친구 게다가 또 한 명의 새로운 남자, 셋이 모 두 한 자리에 있었다. 나는 그렇게 정신 나간 향연을 만끽했다. 또 이 와 중에 '바람이 분다'에 대한 환상은 환상대로 한쪽에 간직하며 이따금 궁 금해했다.

그런데 꽤 시간이 지나 11월이 돼서야 선경은 문득, 새로 시작할 연극 작품의 리딩 시간에 어떤 신입을 데리고 나타났다. 한눈에 그가 '바람이 분다'의 주인공임을 알아볼 수 있었다. 생각했던 이미지 딱 그대로였을 뿐 아니라 실은 훨씬 더 근사했다. 그렇게 생긴 사람은 그런 시구를 읊 조리는 게 당연해 보였다. 자주에 가까운 보라색 스웨터에 고결하게 받 쳐 입은 흰 목 폴라, 지성미를 완성해주는 안경, 세련되며 단정한 헤어 스타일, 만화적으로 훤칠한 비율. 게다가 이상하게 조용하며 소극적인 느낌은 단번에 나를 매혹해 버렸다.

그는 딱 한 번만 나타나곤 자취를 감추어 버렸다. 하지만 나는 반 실

에서 그의 입회 원서를 찾아내서는 그의 정보를 흡수했다. 그리고 겨울 이후 내 소통 욕구의 수신인으로 자체 임명해 버렸다. 일방적으로 그에게 익명의 편지를 썼다. 이 편지의 행렬은 그 이듬해까지 11통가량 이어진다.

그는 아무런 동요 없이 떠도는 고요한 섬처럼 보였기에 나는 그를 '섬'이라 칭했다. '섬에게'로 시작되는 편지를 통하여, 누군가에게 말을 걸고 그걸 이어나가는 기쁨을 한동안 먹고살았다. 그와 내가 사귈 인연이 닿지 않을 것은 자명해 보였으나, 아무것도 안 하고 끝나기엔 서운하였고, 더욱이 이런 방식은 딱히 해가 되지는 않을 터였다. 나의 정념이라 하기에도 뭐한 '애꿎은 쏟아냄'일지언정, 그라면 최소한 '뭐 이런 여자가 다 있어!'라고 대번에 무시하지는 않을 것 같았다. 단지 어느 허기지고 목마른 한 사람이 누군가에게 말을 건네고 싶어 한다는 걸 잠잠히 이해해 줄 것 같았다.

이렇게 누군가와의 소통을 갈망하며 일 년을 보냈다. 절대적이고 완전한 소통은 너무나 먼 것이었으니, 절망적이고 황홀한 나날들이었다.

샤를르빌의 춥고 파란 밤, 나는 매일 어쩌자고 고스란히 그 날들을 베껴 적고 있다. 지난날에도 가끔씩 반추했던 그 추억 조각들은 거듭하여 씹은들 단물이 빠지지 않고 여전하다. 이제는 그 추억 무더기로부터 빠져나와 홀연하기도 하다.

이렇게 축제의 절반이 지나갔다.

랭보 시의 세계를 모티브로 만든 작품의 무대

새날이 밝아 어느새 버스 정류장을 향해 걷는다. 정류장 근처도 온통 풀과 꽃 천지인데, 그것들 대부분의 이름은 알지 못한다. 그래서 우리는 생소한 그 꽃과 풀들에 '들오리알풀'이니 '숫사슴고환' 같은 이름을 지어 부른다. 며느리밥풀꽃이나 매발톱 같은 이름의 패러디다. 이 놀이에 열중할 사이도 없이 또 시내로 가는 버스에 오른다. 한쪽엔 먹구름이 보이지만 햇볕은 온화하다.

다른 정거장에서 한 무리의 청소년들이 버스에 올라탄다. 그들은 곧 빠르고 시끌시끌한 프랑스어로 버스 안을 점령한다. 이들이 여기 샤를 르빌 랭보의 후손들이라니, 어쩌면 걸맞다. 걷잡을 수 없는 갈기를 가진 사춘기, 오래전 불문학사 수업이 떠오른다.

그것은 학년 전체가 듣는 필수과목으로서 결석이 비일비재했다. 몇 세기에 걸친 방대한 불문학 정보가, 고작 한 시간 동안 교수님의 쉴 새 없이 움직이는 얇은 입술을 통해 송출되곤 했다. 수많은 시인과 소설가 비평가들의 이름과 시대를 풍미했던 사조들이, 교수님이라는 잘 걸러진 수도관을 통해 일정 속도로 콸콸 쏟아지는데 이걸 받아 적는 일만도 만만치 않아서, 그 내용은 채 음미할 겨를도 없이 흘러가 버려, 그 물줄기들을 놓치지 않으려 허우적대다 보면 수업 종료 종소리가 울리곤 했다. 그래도 간혹 필기의 달인들이 있어 족보를 만들어 댔다. 가끔 이 족보 노트를 빌려보면, 나름의 축약법으로 완성된 필기 스킬에 혀를 내두르지 않을 수 없었다. 이를테면 어떤 여류 문인에 대해, 원래의 '견식 있고 아름다운 데다 수많은 예술가와 교류하며 그들을 도왔던 부인'이란 표현을 단지, '지. 색. 덕을 겸비한 부인'이라는 말로 압축해놓거나 했던 것이다.

거의 모두가 지겨워했을 불문학사 시간, 교수님은 그 많은 학생의 출석을 모조리 부른 다음, 절대 평정한 표정과 말투로 이렇게 마감하곤 했다. "오늘도 기라성같이 결석을 했군요."

이 표현을 들으며, 뭇 별들이 교실 뒷문으로 빠져나가 삼삼오오 놀러 가는 모습을 떠올리며 웃었다. 압축된 절제미가 감도는 교수님의 짧은 내뱉음 끝에는 늘 냉소와 미소 사이의 어떤 뉘앙스가 서려 있었다.

19세기 시詩의 역사에서 랭보를 다룰 때도 매한가지였다. 한참 그의 생애에 대한 설명이 이어지던 참이었다. 샤를르빌을 떠나 파리로 가서 베를렌느를 만나고, 사회와 문학 전반에 대한 그의 태도는 레볼트(반항)이었으며…… 바로 그때였다. 마침 누군가 교실 문을 뻥 차고 지나갔다. 난폭하고 갑작스러운 이 소리의 여운을 잠시 음미한 후, 교수님은 한 치의 미동도 없이, 그 조소인지 미소인지 모를 웃음을 얇은 입술 가에 여전히 머금은 채 말했다. "참, 랭보 적이에요."

프랑스 청소년의 상당 퍼센트가 랭보와 자신을 동일시한다는 기사를 읽은 적이 있다. 나 또한 사춘기 때 랭보를 만나 지금껏 그를 간직하고 있다.

버스는 햇살을 가르며 달려 시내에 도착한다.

여행할 때는 과일을 알뜰히 챙겨 먹는다. 오늘도 렌느 클로드 등을 사기 위해 뒤칼 광장 근처의 제법 큰 과일가게에 들른다. 과일 종류가 꽤 많다 못해 심지어 꽈리까지 보인다. 어린 날 시골 이모네 뒤뜰에서 꽈리를 보기는 했지만 그게 먹는 거라고는 생각해본 적이 없다.

또 조금 걷는다. 줄 인형들이 판매대에 가득하다. 밸런스, 나는 언제쯤이면 내가 원하는 균형을 갖게 될까? 누군가 한쪽 줄을 잡아당겨도 '으억' 소리를 내지르지 않고 말이다.

점심을 먹으러 또 샐러드 가게로 간다. 밥 샐러드와 로뇽(콩팥 부위)이라는 내장을 사서는 가게 밖 간이의자에 앉아, 작은 튜브 고추장을 연고처럼 짜 넣고 정오의 햇살을 넣어 삭삭 비빈다. 한 무리의 아이들이 지나가며 우리를 쳐다본다.

그러는 사이 이 가게 바로 옆 레스토랑에서는 쉐프가, 버섯이 가득 담긴 상자를 들고나와, 가게 앞 햇살 좋은 곳에 보란 듯 내어놓는다. 지나던 아저씨들이 탐난다는 눈초리로 다가와 살펴본다. 그중 누군가는 실컷 눈으로 탐한 뒤, 사라지면서도 미련이 남는다는 듯 몇 번이고 돌아본다. 이 미지의 버섯이란 우리네 송이버섯쯤 되는 것일까? 결국에 그 아저씨들 중 한 명은 버섯 몇 개를 사 간다. 심혈을 기울여 고르며 말한다. "너무 큰 거 말고요."

버섯 눈요기에 내 샐러드 비빔밥은 어떻게 넘어갔는지 모른다. 버섯을 받아 든 아저씨가 사라지자 케이가 입을 연다. "저 아저씨, 엄청 만족스러운 표정이었어."

식사를 마치고 다시 휴식과 만남의 장소인 에스파스 페스티발로 간다. 빛이 한참인 오후. 야외무대 앞 객석에 척 앉는다. 빈 객석. 관객은

인근의 나무들뿐. 호젓하다.

　나무에서 하나의 날개가 떨어져 내려와, 무대 위에 이미 있던 잎에 반쯤 겹쳐 나비 형상이 되었다. 빈 의자들은 이 짧은 공연을 지켜본다. 인간이 보든 말든 자연의 단막극은 계속되고, 이 나비들의 공연은 지나가던 바람들을 모두 관객으로 묶어 두었다.

　케이는 빈 객석에 앉아 또 이렇게 읊조린다. 여기는 두다 파이바의 '엔젤Angel' 공연이 있던 바로 그 무대다. 축제가 주는 선물처럼, 이런 시간을 즐긴다.

시를 읊는 동안 저쪽에서 외국인들과 이야기하던 주환 씨가 대화를 마치고 다가온다. 멀리서는 소통이 꽤 자연스러워 보인 것과는 달리 영어로 이어가야 하는 그 자리가 가시방석 같았다고 한다. 우리는 그 가시들을 털어낸 다음 우리끼리 편한 대화를 이어간다.

곧 또 공연이다. 뛰다시피 에스파스 페스티발을 빠져나가려는 찰나, 실제 말 크기의 인형에 올라탄 세 사람이 본부로 들어온다. 늘, 두 골목을 채 지나기도 전에 새로운 볼거리가 기습적으로 튀어나오곤 한다. 축제의 한 복판이니까.

지금 가는 극장은 저번에 어린이들의 대거 단체관람이 이뤄졌던 장소다. 그런데 오늘 첫 공연이 12세 이상이란 걸 확인하자 문득 불길한 생각이 떠올랐다. 한 무리의 청소년들, 버스에서 본 것 같은 랭보의 후손들이 자리를 채우고 난장을 벌이지나 않을까 하는. 이 생각이 기우에 불과하리라 믿고 싶다. 물론 이런 버스 청소년들조차 좀 더 크면 저번 연회에 난입한 두 명의 동네 청년처럼 삶의 쓴맛을 알게 된 얼굴들을 하고 "남들은 우리가 랭보의 후손이니 뭐니 하지, 풉, 랭보 나 몰라, 개뿔!" 이라고들 할지 모른다.

하필 불길한 예상은 현실이 되고 만다. 줄 속에 서 있는 동안 한 무리의 청소년들이 몰려와 있다. 가뜩 불길하다. 여하튼 이들은 이미 앉은키가 훌쩍 클 것이므로 내가 그들 앞에서 시야를 가리게 되는 일 따위야

없겠지만. 그들의 자유분방 할지도 모를 관극 태도로 인해 나의 몰입이
방해받지나 말았으면. 착석하자, 앞뒤로 빼곡한 청소년들이 족히 30명
은 되어 보인다.

극이 시작되었다. 극의 이미지만큼은 극도로 멋졌지만, 내용은 어지
간히 추상적이어서 이 과격한 에너지의 청소년 무리가 집중할 리 만무
했다. 선생님들은 극 시작 전과 극 중간에 끊임없이 외쳤다. "실랑스!(조
용히 해)", "쉬, 쉿!"

극이 끝나자 결국, 떠든 아이들은 곧장 나가지 못하게 저지되어 진행
관계자로부터 훈계를 듣고야 만다. 우리는 극장을 빠져나와 광장 근처

로 향한다.

곧 우리는 굴 한 접시를 앞에 놓고 무스카데(굴과 궁합이 맞는 백포도주의 일종)를 기울이면서, 아까 극의 기다란 여운을 한 모금씩 흘려넣는다. 극은 태초의 먼지에 대한 이야기였다. 우리는, 하나하나의 먼지들이야말로 얼마나 많은 이야기를 담은 입자인가를 이야기한다.

솜사탕 같은 구름 아래 샤를르빌의 오래된 굴뚝들이 보인다. 한가한 시간인 데다 어쩐지 오늘따라, 줄곧 나를 따라다니던 통증들도 구름 따라 휴가를 떠나 있다. 완벽하다. 가벼운 취기 속, 모든 시간을 다 가진 듯 넉넉하다. 단지, '이, 맛난 음식은 다 뭔가?' 하듯 잔 주변을 정탐하는 벌들과의 작은 사투만이 고요를 조금 흐트러트릴 뿐. 이 벌들은 프랑스 벌이라 그런지, 아무리 우리말로 '저리 가!'라고 해봤자 막무가내로, 물러서지 않는다.

굴 한 접시와 무스카데

281

| 프랑스 아르덴 신문에 나오다 |

4시 너머. 살롱 슈테르.

세 번째 방문이다. 언제나처럼 주문을 하려는데, 그러기도 전에 주인 아주머니가 다가온다. 목소리가 감출 수 없이 상기되어 있다. "당신들, 줄 것이 있어요."

지난번에 뭔가 놓고 갔나? 그게 아니다. 마담은 신문 뭉치를 내민다. 세상에나! 우리 인터뷰 기사가 실려 있다. 마담은 지난 두 번 방문으로 우리를 '연거푸 방문한 손님'으로 눈여겨보아 둔 참이었고, 새로 나온 신문에 마침 우리 얼굴이 실린 걸 이내 알아본 것이다. 이걸 직접 전해 주고자 우리들의 방문을 기다렸다고 한다.

우리는 지난 화요일 날 신문을 확인해보고는 체념했으나 실제로는 수요일 신문에 나온 거였다. 한 번 확인한 이후 완전히 잊고 있었다. 이 마담이 아니라면 우리가 신문에 난 것을 끝내 모른 채 샤를르빌을 떠날 뻔했다. 우리의 예기치 않은 기쁨은 모두 이 마담의 공이다.

주문한 마카롱, 럼과 포도가 든 아이스크림, 카늘레 과자와 홍차에 곁들여, 그녀는 옆으로 기다랗게 생긴 카드를 같이 준다. 카드에는, 우

리 집에 온 걸 환영해요, 비르지니와 알랭, 줄리……라고, 그녀의 가족 이름이 하나하나 적혀 있다. 그녀는 감격 어린 말투로, 신문을 전해 줄 수 있게 되어 몹시 기쁘다며 자기 가족들을 기억해 달라고 한다. '리브르 도르Livre d'Or'라고 적힌 방명록을 내밀며 기념으로 몇 자 써달라고 부탁하기도 한다. 그녀는 자기 일처럼 기뻐하고 있다.

나는 방명록을 열어 이 살롱에 고마움을 표한다. 글쓰기에 도움이 되는, 편안하고 다채로우며 자연스러운 공간이라고 적었다. 이 살롱이 제공한 휴식 덕분에 컨디션이 호전되기도 했고, 여기는 올 때마다 새삼 반가운 곳이다. 이 책이 나온다면 이 살롱에 오마주를 할 일이다.

오늘은 몸 컨디션부터 다른 일들까지 이래저래 모두 좋은 날이다. 또 그 레스토랑에서 식사까지 한다면 더욱 완벽할 터이다. 그리고 이렇게 좋은 날일수록 조심해서 들뜨지 말고 내일을 준비하여야 한다.

샬롱 슈테르 방명록

살롱에서 나올 때, 무슈 슈테르는 입구의 작업대에서 그 다디단 카롤로 과자를 만드는 참이다. 살롱 밖 가게 앞에는 마담 슈테르와 딸들이 서 있다. 나는 딸들과 인사를 나눈다. 정겨운 가족이다.

이 축제 기간에는 여기 신문에 축제 현장이 여러 면에 걸쳐 대서특필된다. 우리 기사가 실린 난은, 축제의 이모저모를 소개하는 난 중에서도 특히 축제 마니아들을 소개하는 코너다. 거기 소개된 두 개의 이야기 중 하나가 우리다. 우리는 '예외적인 관객'으로 자리매김 되어있다. 기사에는 우리 두 명의 한국인이 프랑스 문학 특히 랭보에 대한 사랑으로 샤를르빌을 방문한 이래, 인형극까지를 보기 위해 20개의 극을 선별하여 패키지를 온라인으로 신청하는 등 꼼꼼히 준비한 다음, 무려 17시간의 비행시간을 거쳐 도착하여 축제를 즐기고 있다고, 내용이 정리되어 있다. 신문에 나다니, 마음 끌리는 일을 쫓아다니다 보니 이런 일도 생기나 싶다.

그런데 우리가 가진 신문은 마담에게서 받은 것이 전부이므로 만일의 분실을 우려, 추억을 제대로 간직하기 위하여 하나 더 구매해 두기로 한다. 신문 가게에서는 당일의 신문만 취급되기에 아예 신문사의 사무실로 간다.

"멀리서 오신 분들이군요."

사무실에서는 신문을 찾아내어 주며 곧장 우리를 알아본다. 정말 조금은 특별한 관객이 된 것 같다.

신문에서 우리 기사를 발견하고서 한나절은 '마치 꿈같다.'고 연거푸 중얼거린다. 이 들뜬 마음을 가라앉히지 못한 채 또 다음 공연장으로

향한다. 그런데 막상 당도해 보니 사람이 하나도 없다. 공연장을 잘못 안 거다. 이래서 어떤 기쁜 일이 일어나도 함부로 흥분하면 못 쓴다.

다시 공연장을 찾아 그 골목을 떠나는데 마침 웬 미용실 안에 막 완성된 남자의 머리가 보인다. 가운데 정수리를 둥글게 남기고 그 둘레를 깎은 다음 나머지 머리를 그 아래로 남겨놓은 것이 마치 새로 다듬어 놓은 정원을 하나 보는 듯하다. 이 미용실 메뉴에는 심지어 수염 손질도 적혀 있었다. 수염조차 나름 디자인해서 깎거나 땋아주나 싶다.

메종 아르덴느 앞 6시 반.

스페인 극단의 멜라니를 마주쳤다. 그녀에게 우리가 나온 신문을 보여준다. 몇 마디 주고받다가 문득 멜라니는 "당신들 프랑스어 할 줄 알았던 거야? 몰랐네. 내겐 영어보다는 프랑스어로 말하는 게 훨씬 쉬워."라고 말한다. 우리는 계속 프랑스어로 말을 이어간다. 그녀는 오늘의 모든 일정이 끝나면 에스파스 페스티발에서 축배를 들자며, 건배 시늉을 해 보이고는 총총히 사라진다.

저녁 공연이 끝났다. 낮의 열기가 가시고 인적이 드물어져 어둑한 거리를 걸어간다. 목적지는 대문에 큰 열쇠가 달린 레스토랑. 신문에 난 걸 기념하며 이 완전한 하루를 더욱 완성하려 한다.

잘 생긴 웨이터 청년은 오늘따라 자꾸 기침이 나와 미안하다며 물을 마시러 갔다 와서는 포도주 주문을 받는다. 감기냐고 물었더니 자신의 목을 가리키며 물을 마셔서 좋아졌다고 한다. 가여워라!

오늘도 거르지 않고 또 그 '미장부슈'란 게 나왔다. 이번에는 놓치지 않고 그 의미를 물어보았다. 이 접시는, 청년이 아니라 키 작고 간결한 커트 머리의 귀여운 여직원이 들고 왔다. 그녀는 당황한 듯 살짝 웃으며 "아뮤즈 부슈.(입을 즐겁게 하는 것)"라고 답한다. 그다음 다시 청년이 메인 요리를 들고 왔다. 청년은 이 미장부슈에 대해, 그것이 앙트레와 아페리티프 사이의 작은 요리인 동시에, 새로운 맛을 발견하는 거라고 친절히 부연해준다. 그뿐 아니라 청년은 '방돌Bandol'이라는 와인의 늘씬하고 예외적으로 예쁜 병을 들어서, 옆으로 살짝 돌려 한 방울도 흘리지 않는 기술을 시전하면서 잔을 채워준다.

식사 중에 쉐프인지 주인인지 모를, 초면에도 사람 좋아 보이는 분이 다가와 우리에게 악수를 청한다. 두 번째 방문이라 각별한 예를 표하는 것인지. 나는 '명망 있는 요릿집이란 뭐가 달라도 다르군.'이라고 혼잣말을 한다. 그가 온 김에 우리는, 오늘 오후 사람들의 탐욕의 눈길을 잡아끌었던 버섯의 정체를 물어본다. 쉐프는 그것이 '세프 버섯 Cèpe'이라고 했다.

이제 메인인 '파베 드 바르뷔'(넙치요리)를 다 먹어 갈 무렵이다. 청년이 다가와 예의 그 진지한 얼굴로 묻는다. "우리 쉐프가 당신들에게 샴페인을 제공하고자 하는데 괜찮으시겠어요? 드라이한 것과 감미로운 것, 두 가지 타입 중 어떤 것으로 하시겠습니까?"

괜찮다마다! 이런 수지맞을 일이 다 있나! 왜 샴페인을 제공받는지 영문은 모르나 여하튼 남의 호의, 더군다나 마음 좋아 뵈는 미슐랭 쉐프의 따뜻한 심장은 결코 내물려서는 안 되는 법이다.

곧 두 잔의 호리호리하고 우아한 샴페인 잔이 우리 테이블로 온다. 폭죽 같은 기포가 피어올라 바라보기만도 황홀하다. 이미 방돌에 다소 취기가 올랐지만 절대로 거절할 수 없는 한 잔, 천천히 음미한다. 그런데 이 샴페인은 도대체 뭔지, 마지막 한 방울을 비울 때까지 기포는 세찬 분수같이 변함없는 분사력으로 위로, 또 위로 솟구쳐 오른다.

샤를르빌이 속한 행정구역인 '아르덴 샹파뉴'지역엔 그 이름답게도 세계적인 샴페인 산지가 있다. 랭스 근처 에페르네가 바로 거기다. 잘은 몰라도 이 샴페인은 내가 여태껏 마셔온 여느 샴페인들과는 격이 다르다. 이 놀라운 샴페인! 작은 잔의 우주 속에서는 별들이 타올라 불꽃이 되어 탁탁 소리를 내고 있다.

계산하고 나가려는 참에 우연히 민박 소개 포스터가 보인다. 알고 보니 이 레스토랑에서는 민박도 겸하고 있다. 크리스토프라고 자신의 이름을 소개한 쉐프는 방들의 사양을 설명해준다. 샐러드 가게와 레스토랑 그리고 쉐프의 집과 민박용 방들을 모두 포함한 이 건물 전체는 17세기 것이다. 각각의 방들에는 랭보의 '감각', '나의 방랑', '푸른 여인숙' 등의 시들이 한 편씩 벽에 적혀 있다. 무려 시까지 적힌 방들과 방 주변의 모든 것, 식사가 포함되고도 충분히 저렴한 가격 등 모든 면에서 여기를 택하지 않을 이유가 없어 보인다. 이젠 호텔 캉파닐이니 프르미에르 클래스니 죄다 안녕하고 싶어진다. 여기 묵는다면 관극 중간마다 곧장 돌아와 휴식할 수 있고 교통비가 전혀 필요 없으며 이 마음씨 좋은 쉐프네 아침 식사를 매일 먹을 수조차 있다. 비할 나위 없다. 이 축제에 세 번째로 오고서야 비로소 숙소 문제에 서광이 비친다.

모든 일이 마지막 순간까지 온통 호의적으로 돌아가다니, 운명의 여신이 윙크한 하루였다.

　레스토랑과 민박 건물의 주인 쉐프 크리스토프의 아들은 이 축제 기간이면 바로 자기 집 건물 앞에서 인형극을 펼쳐서 어린이 관객들을 끌어모으곤 했다. 2년에 한 번씩이 축제에 갈 때마다 그는 인형극과 더불어 자라 있었다.

여덟째 날
절제(TEMPERANCE)

"제발 빨리 열어다오. 나는 추워서 죽을 지경이다."
"그렇지만 도련님, 저는 달팽인데요,
달팽이라는 것은 절대로 서두르지 않는다는 걸 아셔야 해요."

| 마 보엠므 |

이사는 다시 한번 순식간에 이루어졌다. 돌아오자 이번엔 2층에 묵는다. 좁은 데 있다 돌아오니 이 숙소가 새삼 엄청 넓고 편리하게 느껴진다. 오자마자 전기 포트에 물을 끓여 인스턴트 북엇국을 만들어 먹는다. 오늘은 짬 나는 대로 랭보의 무덤으로 갈 것이다.

샤를르빌에 온 이후 마르세유 타로 14번 절제 카드가 자주 나온다. 일주일 동안 벌써 세 번째나. 아마도 많은 사람 무리 속에 섞여 지내니 그만큼 조율할 일이 많아져서일 거다. 이 카드는, 날개 달린 천사가 양손에 든 두 개의 물 항아리를 기울여 섞는 모습이다. 이 쾌는 대개 상서로운 의미로 풀이되지만 좋은 게 언제나 좋을 리는 없는 법이다.

이제는 파리로 돌아갈 열차를 예약해 두러 가야 한다.

기차역에서 대기 중인데, 어딘가 낯이 익은 여인이 아는 척을 한다. 그녀가 극단 이름을 말하자 그제야 누군지 떠오른다. 며칠 전 내게 이것저것 물어왔던 벨기에 극단 사람이다. 그녀는 나의 다소 지친 표정을 읽고는 "축제 끝 무렵 되니 이젠 좀 지쳐요, 많이."라고 덧붙인다. 축제라는 같은 공간을 누비다 보면 서로 비슷하게 도달해가는 공통의 지점이 생긴다. 아닌 게 아니라 에너지로 넘쳐났던 어제와는 달리 오늘은

축제가 끝나간다는 기분과 더불어 온종일, 줄 늘어진 인형처럼 지치고 졸린다. 시내로 오는 버스 속에서도 줄곧 꾸벅거렸다.

이제는 어제 눈독 들여놓은 대로 '열쇠 레스토랑' 윗방을 예약하러 간다. 굳이 2년씩이나 전에 예약해 두어야 하나 싶기도 하지만 시내 예약이 가뜩이나 힘들고 뭐가 어떻게 될지 모르는 마당에 기회를 잡아두어야 한다는 생각이 앞섰다. 하다못해 지금 거기 묵는 고객들이 고스란히 재계약을 하고 떠난다면 그냥 우리 자리는 없게 되는 것이다.

쉐프의 부인인 플랭 여사가 나온다. 장부를 들고 나타난 그녀는 앉으며 말한다.

"신문에 난 두 분이죠?"

"어떻게 알아보세요?"

"당신들, 스타예요."

부인은 다 안다는 듯 면면한 웃음을 짓고 있다.

다행히 우리가 원하는 바로 그 방, 랭보의 '감각'이란 시가 적힌 방이 비어 있는 상태다. 아니나 다를까 벌써 다른 방 두 개는 이미 예약되어 있다.

이 민박 예약이란 퍽 합리적으로 진행되는 절차다. 지금 예약을 해놔도 중간에 무슨 사정이 생길지 모르니, 축제 1년 전에 다시 확인 메일을 주고받은 다음, 축제 개막 삼사 개월 전 전체 숙박비의 절반을 입금하면 된다고 한다. 방을 문의해오는 사람은 언제든 있어서 삼사 개월 전에도 취소는 가능하다고 한다.

축제 날짜는 때에 따라 임의적인 것이 아니라 모종의 법칙을 갖고 있다. 매번 9월 셋째 주 금요일에 시작하여 10일 경과 후 월요일에 끝나기로 되어있다고 플랭 부인이 설명했다.

우리는 부인이 준 장부에 이름과 이메일 주소 등을 적어 넣었다.

예약 후 이제 마을 묘지를 향해 걷는다. 몇 발짝 걷지도 않은 것 같은 데 깜짝 놀랄 만큼 순식간에 랭보 무덤에 도달해 있다. 이제는 묘지 방문 또한 세 번째에 이르니 요만치도 헤매지 않고 지름길로만 걸어서일까? 그럼 첫 방문 때에는 주택가를 헤쳐 가며 얼마나 빙빙 돌았던 걸까?

랭보의 묘비에는 누군가가 색색의 신문지로 고이 접은 종이배가 올라가 있다. 또 '마 보엠므'(랭보의 시 '나의 방랑')라는 시를 통째로 써서 올려놓은 종이도 있다.

그가 죽은 지 백 년도 훌쩍 넘었건만 세계 도처로부터 누군가들이 그를 기리러 여기에 오는 걸 보면, 시인이나 시가 가지는 생명력이란 만만치 않다. 친혈육조차 증손자 정도를 넘어가면 서로의 기억 속에 집을 짓지 못하지만, 예술가들은 인류 전체의 심장에 지워지지 않는 지문을 남긴다. 나의 청소년기에 스파크를 일으킨 랭보, 대학원 논문을 쓸 때도 그가 두어 번 꿈에 나왔었다. 이번에도 미리 적어온 편지를 랭보 얼굴이 새겨진 우편함에 넣었다. 영감에 찬 삶을 기원하면서.

랭보 순례를 마치고 뒤칼로 돌아와 점심을 먹을 참이다. 물르(홍합) 요리를 찾아다닌다. 예전엔 뒤칼 광장의 건물 아치를 따라 늘어선 레스토랑들에서 홍합 냄비를 앞에 놓고 수북한 껍질을 쌓아 올린 광경이 흔

299

했다. 그런데 이번에는, 이 도시에 도착한 지도 얼마 안 되어 진즉에 홍합 타령을 했지만, 예전과는 달리 이 광경이 쉽사리 눈에 띄지 않아서 의아했다.

오늘도 레스토랑들을 돌았으나 홍합을 찾지 못한다. 뭔 사정이 있겠거니 하며 홍합을 포기하고 다른 것을 먹는다. 살라드 니스와즈(올리브 달걀 참치 멸치 등이 들어간 지중해식 샐러드) 같이 평범한 점심이지만, 랭보가 그려진 잔에 담겨 나오는, 소위 '랭보 맥주'를 곁들여 마신다. 맥주를 잘 즐기기 위해선 다른 것은 필요 없다. 광장의 야외의자에 직선으로 내리쬐는 한 줄기 뜨거운 빛이면 충분하다.

　겨우 한 잔 비울 동안 받은 햇빛일 뿐이지만, 지쳐 있던 육신에는 역시나 뇌쇄적이었다. 나는 휴식을 쫓아 잠시 숙소로 간다. 한가한 낮시간을 틈타 욕조를 누리고, 여행 시간 경과의 징표와도 같은 손톱을 깎은 다음 이윽고 개운해진 마음으로 또 시래기 블록에 뜨거운 물을 부어 된장국을 먹는다. 이만하면 재충전 끝, 이제 곧 저녁 공연을 보러 간다.

　이번 축제에는 유독 살르 뒤 몽 올랭프나 그 주변 극장 공연이 많아서, 같은 길을 연거푸 걷곤 한다. 이 코스는, 시내를 가로지르고 광장을 통과하여 골목을 지나 랭보 다리를 건너 강가로 내려가 걷는 길이다. 랭보 다리를 건너면, 산이나 언덕 같은 배경을 끼고 돌게 되어있는 약간 긴 듯한 느낌의 길이 나온다.

마침 그 길을 지나가는데, 어떤 부부가 웬 나무에 달려들어 열매를 채집하고 있다. 이 열매는, 평소 고대 신농神農씨의 마인드로, 지나는 길에 열매 따 먹기를 즐기는 나조차도 건드리지 않는, 겉보기엔 그다지 탐스럽지도 않은 작고 딱딱해 보이는 붉은 열매다. 이 열매는 씹으면 그저 부석부석할 것만 같아 보인다. 이 부부의 행색은 프랑스에 거주하는 타민족 같다. 부인은 두건을 쓰고 있다.

이들의 채집행위는 지나가던 사람들의 눈길을 잡아끌고 발걸음을 멈추어 세운다. 내 옆에 선 어떤 아주머니는, 이 나무의 이름이 '에글랑티에églantier'(들장미나무 혹은 찔레나무)이며 때론 잼으로 만들기도 하지만 속 씨를 잘 발라내고 먹어야 한다고 설명한다. 채집 부부는 터키 출신으로, 그 나라 사람들은 이 열매를 즐겨 먹는다고 한다. 열매를 따던 부부 중 아저씨가 뒤를 돌아 거듭 말한다. "세 트레 봉 비타민."(이것은 아주 좋은 비타민이에요.)

뭐 썩 좋은 비타민이라고? 가뜩이나 여행지에서 피로해 있던 터라 솔깃해진다. 멈춰 선 사람들 모두 그리고 케이 또한 벌써 이 열매를 이미 한 주머니씩 따 담은 참이다. 맛을 보니 예상대로 퍼석퍼석했다. 그러나 약효란 식감에 일치하는 것은 아니니 우리는 그들이 말하는 효능이란 걸 존중해 보기로 한다.(재미나게도 그로부터 몇 달 후 국내에서 이 열매로 건강식품을 만들어 파는 광고를 보게 되었다.) 여행의 낙樂이기도 하고.

여기를 떠나 길을 따라 계속 걷는다. 왠지 이번 여행은 고양이가 너무 적게 나타난다고 말하자마자 또 어떤 고양이가 "그럴 리가!"라고 하듯 나타나는가 하면, 행사장에 도착해서는 근처 창문에 그림처럼 걸터앉은 녀석도 보인다.

에글랑티에

| 깨는 공연 |

　이 저녁 공연은 예외적이었다. 멋들어지고 기이한 동시에 웃겼다. 바로 이 세 가지가 어떻게 미학적으로 어우러질 수 있는지를 맛보여준 공연이었다.

　야외를 무대로 삼은 공연장에선 멋이 줄줄 흐르는, 휘날리는 긴 코트를 차려입은 네 남자가 나와 괴상한 퍼포먼스를 펼쳤다. 이들은 올림푸스 홀 앞마당으로부터 시작하여 주변 야외 공간들을 옮겨가며 각각 다른 퍼포먼스를 보여주다가 마지막으로 실내 홀로 들어가 공연의 나머지를 완성했다.

　이들의 주된 오브제는 몇 개의 핸드백들 그리고 무수한 기왓장이었다. 처음에 그들은 핸드백을 서로 던져, 날아오는 가방을 머리로 받아 모자처럼 쓰는 퍼포먼스를 보였는데, 그렇게 매번 머리를 가방 아가리에 갖다 맞추는 것만도 보통 일이 아닐 것 같았다. 가방들은 일상적 '소유'의 개념일까? 그런데 의미를 애써 발견해야 하나? 의미 찾기의 고군분투 대신, 눈앞의 기발한 퍼포먼스가 뿜어내는 재치와 흥미를 오롯이 누려야 할 타임이다. 저번에 인형극단 분들과의 토론에서, 서 국장님은 예술가가 숨겨놓았을 법한 의도를 찾는 일이 굳이 필요한가를 두고 역

설했었다. 나는 그 이야기를 들으며 저으기 안심하였었다. 전문가의 이 한 마디는, 그간 내가 인형극을 보며 숨은그림찾기를 잘하고 있는지 전 전긍긍하던 마음을 해방하여 주는 것 같았다. 순간의 느낌에 충실한 것 이야말로 관객의 몫이다.

가방 쇼에 이어서 네 남자는 멋진 외투를 여전히 휘날려가며, 미리 깔 아 둔 상당 수효의 기왓장들로 도미노 쇼를 보여주었다. 와중에 한 명 이, 기왓장에 줄을 매달아 끌면서 내 앞으로 문득 다가와 줄을 맡기며 말했다. "이건 내 강아지인데 지금 내가 휴가를 가야 해서 좀 부탁해요."
줄을 받아 들고서 내가 뭘 해야 할지 진지한 고민에 빠질세라 이도 잠 시, 곧 줄을 팽개치고 일어나 자리를 옮겨야만 했다. 거대 군중이 급히 이동했다. 우리가 옮겨간 곳은 야구연습장 비슷하게 철조망이 엉기성 기 쳐 있는 공간이었다. 그 안에는 수많은 기왓장이 마치 오작교의 까치 와 까마귀 등처럼 빽빽이 균질적으로 겹쳐 늘어서 있었다. 네 남자는 이 기왓장들을 밟으며 질러갔고, 여기에 조명 효과가 보태어져, 발자국이 지나간 자리를 따라가며 빛났다. 기왓장 밟기 도미노 조명 쇼라고나 할 수 있었다.

전체 쇼는 공연장의 홀 안으로 들어가 마무리되었다. 기왓장들을 깨 부수는 퍼포먼스가 펼쳐졌다.

이 저녁의 공연은 퍼포먼스의 측면에서 아주 멋진, 유쾌하고도 아름
다운, 한 마디로 '깨는' 공연이었다. 이처럼 프랑스 공연들은 자주 형식
자체가 내용이 되곤 한다. 이 공연으로 인해 가득 돋아난 소름에다 늦저

녀 추위까지 겹쳐 오들오들 떨며 걸었다. 기차역까지 가서 또 택시를 탔다.

이 추위와 피로를 숙소에서 한꺼번에 녹여낼 수 있으면 좋았으련만! 번번이 마가 낀 듯, 그러니까 난방이 또 문제였다. 케이가 사무실에 가서 담당자의 "연결해 놓았다."라는 답을 듣고 왔지만, 여전히 가동되지 않았다. 또 갔지만, 사정은 달라지지 않았다. 거기서는 "될 텐데……."라는 말만 반복했고, 마지막으로 갔을 때는 사무실 불마저 꺼져 있었다. 그냥 단념해야 했다.

그대로 드러누워 잠들려니 심통이 났다. 비싼 데다 주말 요금까지 있는 호텔이 이런 게 착착 돌아가지 않아서 고객을 왔다 갔다 하게 만들다니, 거하게 짜증이 났다. 영 분해져서 주거니 받거니 원한 섞인 말들을 건네었다. 급기야 케이가 벌떡 일어났다. 그는 라디에이터에 대고 한 번 뻥! 하고 발길질을 했다. 이게 웬일! 발로 차자마자 느닷없이 난방이 가동되기 시작했다. 분노의 발길질 가격에 깜짝 놀란 것인지, 실소를 금할 수 없었다. 우스꽝스러우나마 이렇게라도 해결되지 않았다면 그 이튿날 아침에는, 전날 쐰 찬바람에 한랭한 방 공기까지 가세해 몸의 통증이 참기 힘들게 도져 있을 터였다.

이렇게 종일 지쳐 이불 속에 들어 있다. 두고 온 내 고양이의 털이 문득 그리워진다.

308

아홉째 날
죽음

"물고기가 아닌데 어째서 상어에게 먹혔지?
"내가 먹힌 게 아니라 이놈이 나를 들이마신 거야!
이렇게 어두워서 어떻게 하지?"
"할 수 없지. 상어가 우리를 삭일 때까지 기다리고 있을 수밖에……."
"그렇지만 나는 죽고 싶지 않단 말야."
하고 피노키오는 다시 울면서 소리쳤습니다.

| 치유의 강가 |

축제 폐막 전날이다. 선선하게 부는 바람은 이제 곧 돌아갈 시간임을
예고한다.

아침 공연 후에는 등나무가 멋지게 늘어진 식당에서 밥을 먹었다. 저
렴하나 정성이 느껴지는 요리였다. 파프리카와 둥근 호박의 속을 파내
고 고기로 속을 채운 요리로 상치와 밥이 곁들여졌다. 게다가 쉐프가 직
접 나와 손님들 사이를 돌면서 음식이 괜찮았냐고 인사까지 건네었다.

늦지 않으려고 앙트레와 디저트 커피를 모두 생략하고 간소하게 메인만 먹은 결과, 두 시 공연에는 일등으로 도착해 버렸다. 그만큼 기다림은 길어진다.

팸플릿을 읽는다. 난해하고 추상적인 어휘 투성이의 팸플릿만으로는 극에 대해 아무것도 짐작할 수 없다. 시간이 남는 김에 보조 자료까지 읽는다. 극을 만든 사람이 직접 쓴 시들이 리플릿 앞뒤로 가득하다. 이 시들이 극의 비밀을 풀어줄 열쇠인지도 몰라서, 의미를 해독해 보려 애쓴다.

그러는 사이 줄이 이미 길어져 있다. 눈앞에서는 일곱 살쯤 되어 보이는 여자애가 동생의 유모차를 빼앗아 탄 다음 핸드폰을 만지작거린다. 머리끝이 꼬불거리는 동생은 한 손에 코끼리 인형을 움켜쥐고 있다. 구름 우거진 하늘 아래 작은 뜰엔 어느새 웅성거림과 속삭임들이 가득하다. 나는 고개를 숙인 채 집중하여 계속 시를 읽는다. 어디선가 하모니카인지 아코디언인지 악기 소리가 나고, 이어 박수 소리가 나풀나풀 쏟아진다. 인근 길에서 공연이 있나 보다 했는데 알고 보니 내가 서 있는 긴 대기 줄에서 이루어진 연주였다.

리플릿의 모든 시를 다 읽지는 못했지만, 입장해야 할 시간이다. 맨 앞줄에 자리를 잡는다. 옆자리엔 아까 그 개구진 소녀가 앉아 있다. 눈이 마주치자 천연덕스럽게 내게 "봉주르!"라고 한다. 두 어린 소녀들의 보호자로 보이는 아주머니는 두 아이에게 미리 다짐해 놓는다. "공연이 맘에 들지 않으면 중간에 나가는 거야!"

극의 시작을 기다리는 동안 케이와 이야기를 나눈다. 이 짧은 담화의 주제는 '자원봉사'다. 케이는 여기의 자원봉사자들이 거의 은퇴 연령 이상임에 주목한다. 우리나라는 어떤 행사장에 가 봐도 젊은이가 자원봉사의 주축이라는 것이다. 그리고 젊은이들의 자원봉사에는 상당 부분 '봉사 스펙'이 동기로 작용한다고도 지적한다.

극이 시작되었다.

안개처럼 자욱한 드라이아이스 속에서 한 여자가 사람 발 모양으로 본뜬 얼음 그러니까 '얼음 발'을 꼬챙이에 꿰어 들고 나타난다. 이어 여러 개의 얼음 발이 차례로 등장한다. 이런 오브제는 일찍이 본 일이 없는 데다 무대 구성이 몽환적이다. 그리고 어쨌거나 아까 시들을 읽어두기를 잘했다. 매 장면들은 시들의 의미를 하나씩 구현하는 식으로 맞물려 있다.

그러나 점점 가면 갈수록 장면들의 의미가 추상적이어서 모호함의 구렁텅이로 빠져들고야 만다. 웅얼거리는 시 구절들, 몽환에 어김없이 동반되는 반수면 상태……. 졸음을 참기란 점점 어려워진다. 결국, 내 옆에서 언니인 소녀는 숫제 바닥에 엎드려 버렸고 동생은 언니의 머리를 발로 차고 있다. 바로 앞 무대에서는 여전히 꿈속에서인 양, 느리고 진지하며 아득한 장면이 펼쳐지고 있다.

어느덧 내일이면 축제의 마지막 날, 그리고 모레 아침이면 파리로 가야 한다. 더 늦기 전, 짬이 난 김에 우리는 재작년에 걸었던 '치유의 강가'를 다시 걷기로 했다. 그때 나는 늦은 밤 연회에서 샴페인을 작은 잔으로 홀짝홀짝 흘려 넣다가 어느 순간 만취 상태가 되어 겨우 귀가했었다. 그런데 이튿날 아침이 되자 머리를 들기 힘든 취기와 더불어 갈비뼈에 참을 수 없는 통증이 찾아왔다. 아마도 부러지거나 금이 갔었을 것이다. 그때는 축제가 끝날 무렵이어서 바로 다음 날이면 파리로 떠나 다시 터키로 향해야 하는 시점이었다. 숨을 쉬거나 웃기만 하여도 갈비뼈가 아픈 판에 그 무거운 배낭까지를 등에 짊어지고서 말이다. 상황이 안 좋았다. 그래서 떠나기 전날 숨이라도 돌릴 겸 뫼즈 강가를 길게 걸어갔었다. 바람은 시원하고 풍경은 호젓했다. 거기를 걷는다고 몸이 낫거나 하지는 않았지만, 취기에 찌든 영혼은 바람에 맨머리를 씻기며(랭보의 시 '감각'의 한 구절) 행복에 젖었었다. 랭보의 시에서처럼 기쁨에 겨워 자연 속으로 멀리 떠나고 싶게 만드는 곳이었다.

걷다 보니 눈에 띄는 패널에는, 도심을 녹지로 만들기까지의 비버의 공로 등이 잘 설명되어 있다. 패널을 읽기 전엔 이런 자연이 도심 가까이 공존한다는 사실에 주목조차 하지 못했다. 도심에 이처럼 풍성한 자

연이라니, 도시 생활자의 로망이다.

강가를 걸으며 나는 또 열매들을 마구 탐했다. 유난히 탐스러운 것들이 많았다. 케이는 그중 독성이라도 있으면 어쩌냐고 근심 어린 야유를 해댔지만 나는 끄떡도 하지 않고 홀린 듯이 따 먹었다. 아니나 다를까, 개중 어떤 열매는 혀를 순식간에 강렬하게 마비시키는 것이었다. 이러다 장금이처럼 미각을 잃어버리지나 않을까 더럭 겁이 났다. 케이는 옆에서 점점 더 신이 나 놀려 댔다.

"그러게 새들의 점심을 갈취하는 게 아니지!"

"새들의 점심이 아니라 새들의 잔반 처리라는!"

나는 나대로 대꾸했다.

"크고 맛나 보이는 것만 따먹은 주제에!"

케이는 일침을 가했다.

이어서, 강가로 길게 난 길을 따라, 키에서 곡식 낱알을 훑어 내리는 듯한 버드나무의 연주를 들으며, 바람결에 떨어지는 설익은 밤송이들에 머리를 쥐어박히기도 하면서 걷고 또 걸었다. 옆으로는 이끼 낀 벽이 이어졌고, 강가에는 머리 감는 처녀 모양으로 늘어진 버드나무들 아래로 한 떼의 청둥오리들이 강을 가로질러 갔다. 강가 언덕 위로는 드문드문 아름다운 집들이 보여, 거기엔 대체 어떤 사람들이 살까 싶었다. 성城처럼 보이는 건물도 있었다.

　그런데 이 길을 하염없이 걷다 보니 정작 도달한 곳은 랭보 중학교였다. 삐딱하게 앉은 랭보 동상의 발톱에는 지난번에 칠해졌던 색은 다 지워진 대신 그 아래 '타 겔르Ta gueule!'(닥쳐!)라고 적혀 있었다. 다소 홀린 기분이었다. 나는 직선으로 걸었건만 왜 맞은편 장소에 도달해 있는지 이해가 가지 않았다. 적어도 나보다는 지리에 밝고 길도 잘 찾는 케이가 내게 설명해주었다. 이것은 지난 알자스 여행에서 들렀던 '에기솅 Eguisheim'★이 달팽이 형태라, 그 안을 벽을 따라 둥글게 돌다 보면 원래의 출발점으로 오게 되는 것과 엇비슷하다는 것이다. 직선인 듯 조금씩 계속 방향이 틀어져 이런 현상이 나타난다고 한다. 설명을 들으니 이치로는 이해가 갔지만, 본능과 감각의 수준에서는 여전히 기이함이 사라지지 않았다. 만일 케이의 공간 감각이 내 수준이어서 이 현상에 둘이 동시에 놀랐더라면 아주 우스웠을 것이다.

★ 프랑스 알자스 주 오랭 데파르트망에 있는 마을로, 알자스 와인의 주요 판매지이자 중세 시대 성채, 독특한 목조 건물, 아름다운 포도밭 등이 있는 관광지로 유명하다. '가장 아름다운 프랑스 마을'로 꼽힌 바 있다.

랭보 중학교의 랭보 동상

| 인간 마리오네트들 |

뫼즈 강변 산책을 마치고 뒤칼로 돌아오니 광장은 사람 떼로 넘쳐나고 있다. 그도 그럴 것이 축제의 마지막 토요일인 거다. 인근 도시의 가족들은 어린이들의 손을 잡고 나들이를 온다. 이 엄마 아빠들 그리고 할아버지 할머니들도 그들의 어린 시절에 샤를르빌의 인형극을 보았을 것이다. 아이들에겐 그저 넓은 데서 맛난 주전부리를 사 먹고 거리에 널린 인형들을 얻을 기회겠지만, 언젠가 그들도 자신의 아이들과 또다시 여기를 찾게 되리라.

아이들은 줄로 움직이는 타조라던가 말 따위들을 들고 돌아다닌다. 그들은 기왕이면 움직여 볼 수 있는 인형들에 더 매력을 느끼는 것 같다. 뭐든 움직이는 걸 보면 호기심을 감추지 못하는 고양이들처럼. 그래, 움직임에 민감할수록 아이인 거구나. 그러고 보면 내가 서울에 살게 된 10살 무렵, 도시의 모든 움직임, 지하철이 굉음을 달고 질주해오고 버스가 매연을 뿜어대며 달리고 거리에 사람들이 가득 꿈틀거리는 복판에 서면, 심지어 움직이지 않는 건물들마저 함께 빙빙 도는 듯, 지구의 자전까지도 느껴질 듯 혼란스러웠다. 외출만 했다 돌아오면 이 모든 움직임에 노출된 신경이 지나치게 피로해져서는 쓰러져 잠을 자야 했다. 그러나 어느덧 더는 그때처럼 현기증을 느끼지 않게 되었고,

지금은 거리에 뿌리박고 선 나무들처럼 잘만 서 있곤 한다. 나는 단단해진 걸까, 굳어진 걸까? 다시금 뿌리 뽑힌 건물들, 철도, 전신주들과 함께 붕붕 떠다니고 싶다. 랭보는 '추론된 착란'이라고 하였었지. 일부

러는 불러들일 수 없이 신비한 현기증!

광장 파라솔 아래 맥주잔을 기울임은 여행의 최고 로망 중 하나다. 트라피스트 맥주 '쉬메이Chimay'를 마신다. 좌석들은 꽉 차 있다. 어찌나 촘촘한지, 좀 부피 있는 사람이 옆으로 팔을 조금만 휘저어도 옆 테이블을 건드려 잔이 쏟아질 지경이다. 자리가 비워지기가 무섭게 다시 새로운 사람으로 채워진다. 맥주를 비우는 동안 광장 하늘 위로 또 한 아이가 놓친 말 모양 풍선이 날아간다. 새로운 천마가 되어 날아간다. 말 한 마리씩 놓으며 커가는 아이들.

그러나 점차 사방에서 담배 연기가 창궐하여 엄습한다. 이 광장을 떠나서 보다 한적한 골목에 깃들고 싶어진다. 하지만 곧 이 욕망이 비현실적임을 깨닫는다. 축제의 토요일, 한가한 골목이란 게 존재하지조차 않는다. 골목들 역시 빽빽하다.

그래도 어쨌든 일어나 걷는다. 가게 앞, 담배 피우는 노인이 시간 속에 박제된 듯 꼼짝 않고 서 있다. 순간 그가 마리오네트처럼 보인다. 정말 실제 사람이기나 한지 건드려보아야 알 지경이다. 팔 한쪽이 없다. 상이군인인지도 모른다. 이전 광란의 시대에 담겨 이 유럽 땅에서 슬픈 역사 한 페이지를, 없어진 한쪽 팔로 쓰고 있었을지도 모를 노인 마리오네트.

끝없이 흰 구름을 풀어내는 솜사탕, 계속 부쳐지는 크레페, 아이들은 아이스크림과 인형을 들고 돌아다닌다. 우리는 어제 잠깐 둘러보았으나 여전히 포기하지는 않은 홍합요리를 또 찾아 나선다.

　어제와 상황은 달라지지 않았다. 그리하여 원래 먹으려던 스타일이 아니어서 좀 아쉽기는 하지만 확실하게 홍합을 먹을 수는 있는 레스토랑으로 향한다. 축제 초반에 극단 분들과 들렀던 스페인 레스토랑, 여기서는 안달루시아식 홍합요리를 먹을 수 있다. 하지만 여기를 알고 있었음에도 오지 않은 데는 다 이유가 있다. 안달루시아식은 고소하거나 담백하지가 않고, 그 주황색 소스는 진하고 짠 데다 기름지다. 그럼에도 지금은 홍합에 대한 한을 풀고야 말겠다는 듯 여기 와서는, 소스를 어떻게 좀 우리 입맛에 맞게 주문해 볼 요량이다.

　"무엉 살레, 실 부 플레."(좀 덜 짜게요.)

　"뭐라고요? 짜다뇨? 소금이라곤 안 들어가는데요."

　그럼 그 진한 소스는 소금 없이 만들어졌단 말인가?

　"그럼 소스를 조금만 덜 넣어주세요."

　짜증 섞인 대꾸가 돌아온다.

　"안 돼요. 레시피를 바꿀 순 없어요."

　어이없다는 표정이다. 쉐프에게 상의조차 해 볼 의지란 없어 보인다.

　게다 그녀는 어찌나 불성실한지, 우리가 착석하여 이 주문을 하기까지만도 무려 20분은 걸려 버린 것이다. 아직 초저녁이라 손님들이 몰려들기 전이어서 테이블에는 달랑 우리뿐임에도 불구하고. 우리가 앉은 야외 좌석 주변으로 찬바람이 휭 하고 지나간다.

그리고 주문하고서도 20분은 더 지나서야 홍합 냄비가 도착한다. 응당 곁들여져 있어야 할 프리트(감자튀김)는 없이 말이다. 부조리하다.

홍합은 케이의 메뉴고 나의 메뉴는 '푸아송 프리트Poissons frites'다. 이름만 보고는 흡사 생선튀김인 줄 알았지만, 실제 나온 접시에는 잔멸치 튀김이 잔뜩 올려져 있다. 이럴 수가!

나의 우스운 실수였다. 메뉴판을 다시 들여다보니 푸아송 프리트는 단수가 아니라 복수로 표기되어 있다. 이걸 나는 단수로 착각하여 커다란 생선 한 마리가 통째로 튀겨져 나오는 줄 알았던 것이다. '멸치들'이니 '생선들 튀김'에 해당하는 게 맞기는 하다. 단복單複형태에 주목해야 했다. 홍합으로 인해 불쾌한 와중에도 잔멸치로 인해 웃음이 킥킥 터져 나온다. 게다 이때 하필 우리 머리 위 하늘에는, 내가 먹고 싶어 하던 바로 그 커다란 생선 모양의 구름이 가로지르듯 놓여, 약이라도 올리듯 뭉실뭉실한 것이 아닌가!

그런가 하면, 홍합과 같이 나왔어야 마땅할 프리트는 이로부터 20분은 더 지나서야 따로 도착한다. 본디 따끈하고 바삭해야 할 그것은 미지근하게 다 식어 있다. 그리고 테이블마다 응당 한 바구니씩 나오는 바게트는 우리 테이블에만큼은 끝끝내 나오지 않았다. 바로 옆 테이블만 흘끗 보아도 얼마나 우리가 푸대접을 받고 있는지 확인할 수 있다.

잔멸치 튀김

이러고도 그 웨이트리스는, 식사를 다 마친 우리에게 계산서를 들고 와서는 아무 일도 없었다는 듯 천연덕스럽게 묻는다. "사 에테?(식사 어땠나요?)

아직도 심술이 충분치 않다는 것인지, 지금 와 놀리는 것인지, 이 질 문은 다 뭔가? 결국에 케이는 일부러, 예의상의 대꾸조차 한마디 하지 않고, 식사비만 테이블에 올려놓았다. 마지막으로는, 잘 가라는 웨이트 리스의 말에도 역시 아무런 응대를 하지 않음으로써 소심하게나마 복 수했다.

우리는 레스토랑에서 건너뛴 디저트 대신에 저 불친절한 웨이트리스를 씹어대면서, 에스파스 페스티발 앞 천막 공연장으로 간다. 우스운 한편, 분이 영 가시지 않는다.

역시나 일찍 도착한 탓에, 단 한 명의 관객도 없다. 우리가 줄의 선두를 지키고 섰다. 알고 보니 공연 시간을 잘못 안 것이었다. 8시가 아닌 8시 반에야 시작이다. 그런데 이 발견이 이루어지기까지 이미 어느 정도의 줄이 만들어져 버렸으므로, 그냥 줄을 지키고 서 있을 수밖에.

그래도 기다림은 지루할 겨를이 없다. 내 주위의 한 아주머니가 케이 가방에 달린 조그만 황새 인형을 빌미로 말을 걸어왔다. "알자스에 다녀왔나요?"

이로부터 주제는 알자스 여행, 이어 프랑스에서 가장 예쁜 마을로 연결된다. 콜마르 인근 마을에는 밤마다 중세 복장으로 동네를 돌며 소등을 시키는 사람이 있다는 이야기부터, 스트라스부르의 대단히 아름다운 노엘 장식이며, 파리 광장 이야기들이 이어진다. 주변 분들 두엇이 가세해서 점점 대화의 꽃이 피어난다. 이분들은 한국에서 제2외국어로 무얼 많이 배우는지, 프랑스어를 익힐 때 무엇이 제일 어려운지 등을 궁금해한다. 이렇듯 한 마리 작은 알자스 황새가 무려 한 시간 남짓의 지루한 대기 시간을 메울 만한 갖은 주제들을 물어다 준 셈이다. 그들은 자기들끼리 흥이 올라 수다를 계속 덧붙여간다. 주제가 날씨에 이르자 풍채 좋은 자원봉사 아저씨가 농을 던진다. "뭐래도 가장 추운 달

은 7월이지. 7월에는 난방을 끄니까."

이러는 동안 공연 시간이 다 되었다. 배우 한 명이 나와 천막을 들추고서 입장하라고 알린다.

그러나 긴 기다림이 무색하게도 극은 별로였다. 애초에 우리를 낚았던 '미칠 듯한 웃음은 보장!'이라던 홍보 문구와는 거리가 있었다. 이 극은 빨간 모자 동화가 재해석된 성인 버전이었는데, 기발하게 전개될 수도 있었을 발상은 봉오리만 맺히다 만 꽃이 되었다. 극이 끝나고 허탈하게 빠져나오며 여태껏 본 작품들 중 워스트 리스트를 꼽아보게 되었다. 공연은 복불복이다. 애초의 선택에는 약간의 집중과 '촉'이 요구된다.

대기 시간에 환담했던 아주머니들은 오늘 밤에 '피노키오의 화형식'이 있을 거라며 놓치지 말라고 당부했으나 그걸 보려면 자정을 넘겨야 한다. 하지만 이날만큼은 -앞으로 하루밖에 남지도 않았지만- 늦은 귀가를 피해야 할 이유가 있다. 내일은 지난번 축제 때 감동의 도가니로 몰아넣었던 칠레 극단하고, 거장 필립 장티의 공연을 피날레로 남겨 두었기 때문이다. 최적의 컨디션에서 감상하려면 일찍 귀가하여 충분히 자 두어야 한다. 더구나 내일은 일요일이라 버스가 다니지 않으므로 공연장으로 걸어 나오는 시간까지 계산하여야 한다.

귀가해서는 또 한바탕 난방 문제로 전전긍긍했다. 사무실 직원은 곧

해주겠다고 했으나, 그는 어딘가로 문자 보내기에 열중하던 참이라 사실 석연치 않았다. 그러더니 아니나 다를까 라디에이터는 여전히 감감무소식이어서 사무실에 다시 걸음을 해야 했다. 역시 그는 잊고 있었던 것이다. 별 세 개 짜리 호텔이 이래도 되나? 여하튼 해결되어 방은 따뜻해졌으니 이제 진짜로 자야 한다. 아까는 축제가 다 끝나버리기 전 잊을세라, 기념 컵도 사두었다. 내일은 진짜 마지막이다. 종일 많이 움직였으나 이상하게도 지치지 않는 하루였다.

332

열 번째 날
교황(LE PAPE)

"아니 이거 피노키오가 아니어요?
이 불쌍한 두 병자에게 한 푼 만 동정해 주세요."
하고 여우가 흐느껴 울면서 외쳤습니다.
"병자에게……."
하고 고양이가 되풀이하려 했습니다.

| 인형은 거짓말하지 않는다 |

버스가 다니지 않는 일요일이라 도심까지 죽 걸어야 한다. 포르투갈 아저씨 과일가게에 들러 귤과 한라봉을 산다. 한라봉은 그 이름 때문에 그저 제주도의 특산품인 줄만 알았는데 이런 곳에서 발견하니 뭔가 속은 기분이다. 한라봉은 보다 국제적인 과일인지도 모른다. 아저씨는 덤으로 바나나까지 챙겨주면서 다정스레 말한다. "봉 쿠라주!"(화이팅!)

조각조각 맛난 과육 위로 한 겹의 밝은 기억이 입혀진다.

도심으로 가는 길, 시청쯤 못 미쳐 말쑥한 차림의 두 사람에게 붙들린다. 그들의 또렷한 프랑스어 발음 사이로 복음이니 하나님의 나라니 하는 어휘가 들려온다. 그러고 보니 우리가 딛고 멈춰 선 자리는 상트르 에반젤리크 크레티앙이라는 건물 앞이다. 무슨 기독교 종파의 센터인 것이다. 프랑스 땅에서도 여전히 전도의 무리에게 붙들리다니. 오늘은 일요일이니까. 재미있어하면서 또 걷는다.

살르 마담 드 세비녜에 도착한다. 우리 앞엔 이젠 충분히 낯익은 한 아주머니가 서 있다. 나보다는 좀 더 안면인식을 잘 하는 케이가 거든다. "저 아주머니, 어제 '마틸드' 공연 끝나고 나서 배우랑 열심히 토론하던 분이야."

　우리는 이미 그녀를 '프로관객러'라 불러왔다. 그녀는 공연마다 언제나 맨 앞줄에서 발견된다. 이 축제의 열혈 팬이 분명하다. 여기서도 여전히, 어느 때보다도 열띤 작품 토론의 장이 벌어진다. 그도 그럴 것이, 이제 마지막 날이니만치 여태 본 모든 작품을 두고 각자들의 감상평이 축적되었기 때문이다.

　세비녜 홀의 400석을 꽉 채우고도 좌석이 모자라 무대 앞에는 바닥에 앉아 보는 아동과 청소년의 줄까지 만들어진다. 지난번 '물고기는 날지 않는다Los peces no vuelan'로 갈채를 받은 칠레 극단의 이번 작품은 '인형은 거짓말하지 않는다Les jouets ne mentent pas'이다. 이들의 '~ 하지 않는다.' 시리즈들에는 많은 인형이 등장하지는 않지만, 무대 변환이 놀랍고 배우 사이의 호흡이 탁월하다. 주로 호소력 가득한 가족 드라마를 소재로 한다. 이번 극 역시 고향을 떠나 우체국에 취직한 딸이 고향에 와서 가족의 과거를 재회하는 이야기다.

가족이라는 공동체는 시공을 공유한 동시에 심리적 곡절로 인해 고립된 각자의 우주 속에서 서로 엇갈린 기억을 나누는 종족이기도 하다. 언젠가 부모님 댁에 들렀을 때 어머니는, 내가 대학에 들어가자마자 얼마 안 되어 지하철에서 가방을 칼로 찢기는 일이 있었는데 얼마나 찜찜하고 불길했는지 모른다고 회상했으나 나는 그런 일이 있었는지조차 기억에 없다. 심지어 나는 그 일이, 어떤 다른 이의 사건이 엄마의 기억 속에 섞여 창조된 일이 아닐까 의심조차 들었다. 그리고 그 날 나는 어릴 때의 도시락을 찾으러 엄마와 같이 찬장을 뒤졌는데 각자가 기억하는 도시락의 모양새도 달랐다.

그러나 이런 느낌에 골똘해가는 와중에도 내 앞줄의 아이들은 평온할 리 없다. 범람하는 에너지를 억제치 못하는 몇몇 아이들은 결국 보호자에게 옆구리를 들려 나가고, 내 앞에 누워 엎어졌던 아이들은 일가가 함께 퇴장하기도 한다.

극이 끝나자 점심을 먹고는 또 에스파스 페스티발에 갔다. 벌들은 또 어김없이 커피잔으로 날아든다. 이것이 똥인지 된장인지 한 번씩 찍어 먹어보고 있다. 그들에게 오후 한 모금을 내어준다.

| 바람구두를 신은 피노키오 |

이제 마지막 공연 대기 줄에 서 있다. 필립 장티의 무대를 앞두고 있다. 긴 줄의 맨 앞에는 오전 공연 때 보였던 열성 팬 할머니가 또 누군가와 토론 중이다. 점점 더 사람들의 웅성거림이 증폭된다.

공연 시작 전 앞뒤 좌석에서도 가득, 사람들의 개인적 평론들이 들려온다. 20여 분 남짓, 좌석 깊숙이 몸을 가라앉히며 눈을 감고 휴식하는 동안 앞뒤에서 오가는 견해들을 듣고 있노라면, 나의 감상평과 내심 비교하거나 내가 놓친 작품들에 대한 평까지도 수집할 수 있다. 이제 막이 열린다.

밝은 자줏빛 드레스에 원숭이 얼굴 탈을 쓴 존재가 나타나, 잘 알려진 아리아 '울게 하소서'를 부른다. 곧 무대 뒤편의 언덕처럼 생긴 배경으로부터 세 명의 남자와 세 명의 여자가 몸 전체를 허물어뜨리듯 굴러 내려온다. 그들은 그들을 꼭 닮은 분신 크기의 인형과 각각 연결되어 있다. 이렇게 해서 사람들과 인형들, 모두 해서 12명이 합창하고 춤춘다. 이 퍼포먼스들은 카바레나 할리우드 옛 영화에 나오는 쇼를 방불케도 한다. 롤러를 타면서 춤추기도 하고 스키 스틱을 지치며 돌아다니기도 한다. 거대한 암몬 조개 같은 천이 끝없이 회오리를 일으키는 가운데 그 안으로 사람이 들어갔다 토해져 나오는가 하면, 거대한 날개를 등에 단 여자가 회전하여 나선형 곡선을 빚어내기도 한다. 노래 가사라곤 없이 단음절 소리로만 이루어진 중독적인 합창은 마치 시공간의 대위법을 구현해 내는 듯하다. 그것만 듣고 있어도 영원의 나라에 초대된 것만 같다.

곡선들, 나선형 율동들, 바람과 물의 움직임을 형상화한 것 같은 무대, 아득한 곳의 메시지를 전달하듯 넋을 고양하는 합창, 이 모든 요소가, 사람들이 무대를 보자마자 그들의 넋을 환상의 세계로 공간 이동시킬 수 있게끔 차례차례 메아리친 것이다. 오늘 본 장티의 극을 한 마디로 표현하면 관객의 심연 내벽에 부딪혀 공명을 일으키며 번져나가는, '율동으로 구성한 메아리'라고나 할 수 있을까? 장티는 노련한 장인이다. 대사라곤 한 마디도 없는데도 이 작품 '나를 잊지 마세요Forget Me Not'은 누구라도 그 자리에서 통째로 느낄 수 있게끔 만들어져 있다.
극은 수많은 커튼콜을 불렀다. 제대로 된 예술 하나를 접한 느낌이었는데 왠지 이게 그의 베스트는 아닐 것 같기도 하다. 이 정도를 보여줄 역량이면 아마 더 기막힌 작품들이 줄줄이 있었을 것이다.

여기를 나와서는 광장을 돌며, 이전에 찜해두었던 인형들을 샀다.

이젠 폐막식이다. 지금 뒤칼 광장에는 이 축제에 참여했던 인형들이 모두 다 나와 긴 행렬을 이루어 행진하며 어린이들과 어른들에게 고별 인사를 한다. 눈물이 난다. 어린 시절 옆에 있어 주었던 유형무형의 소중한 존재들을 여기서 다시 만나고 또다시 떠나보내는 것만 같다.

어느새 해가 다 식어 바람이 차지고 있다. 저편 하늘에선 거대한 한 떼의 새들이 무리 지어 날면서 아듀를 고한다. 이리 몰리고 저리 몰리며 진을 바꾼다. 아마도 찌르레기 떼일 것이다. 하늘 한 편이 수많은 까만 점들로 덮인다. 완전히 떠나가기 전에 고별의식을 치르듯, 지금 뒤칼 광장에서 떠나가기 시작하는 사람들 각자의 새로운 방랑을 축복하듯.
나는 발걸음으로 저 새들의 무리를 쫓는다. 가을 저녁이 점점 깊어간다.

이제 마지막 저녁 산보다. 사람들이 캐리어를 끌면서 역에 이르는 길로 총총히 사라진다. 각자의 둥지, 각자의 무대, 각자의 가방에 각자의 인형들. 이 도시에 완전히 막이 내려 어두워지고 바람이 거세어지기 전에 가로수들은 손을 흔들어 입맞춤을 보낸다. 그들의 뒷모습에, 잘 가. 잘 가…….

이제 이 도시는 내일이면 언제 축제가 있었냐는 듯, 그냥 지도 위의

한 점 한가한 도시로 되돌아갈 것이다. 축제는 이 도시의 망토를 벗겨서 2년간의 휴식과 기다림으로 돌려보내리라. 그리고 나는 내일 아침, 그림자를 꿰매 입은 피터 팬처럼 훌쩍, 여기를 떠날 것이다. 바람 구두를 신은 피노키오. 나의 신발이 멈춘 곳에 바람을 심으면 그곳에서 천막이 돋아 자라나리라. 언젠가는 달그락거리는 나무다리를 멈추고, 살과 피를 담고서 춤추게 되리라. 인형이었던 날들을 회상하리라.

이제부턴 작별하지 않는 마음들이 머무는 장소들을 발견해갈 것이다. 찢어진 마음의 섬유 조직은 봉합될 것이다. 누더기가 되었던 마음들도 친절한 누군가의 손에 기워지면 다시 팔랑이며 웃음 짓게 되리라. 세상 도처 어딘가에는 잃었던 것들을 재회하는 장소가 있다. 그러한 곳에 머무는 순간들이란, 허공에 걸렸으나 위태롭지 않은 새 둥우리이다.

"그러면 그 나무로 만든 피노키오는
어디로 숨어 버린 것일까요?"
"저기 있지 않니?"

하고 제페트가 대답했습니다. 그리고 의자에 앉아 있는 커다란 나무 인형을 가리켰습니다. 그것은 목을 한쪽으로 비틀고 두 손을 힘없이 내려뜨린 채 두 발을 포개어 꾸부리고 있었습니다. 정말 이런 몸으로 어떻게 꼿꼿이 서 있었던가 하고 이상하게 느껴질 정도였습니다.

인형 아티스트 지미 님과의 대화

샤를르빌 축제에 가면 지미 데이비스 님을 종종 마주친다. 지미 님은 이탈리아에 거주하며 인형을 만드신다. 샤를르빌의 어느 날 우리가 대화하던 자리에서 지미 님은 처음 이 인형극의 세계에 매료되었던 순간을 회상하여 들려주셨다. 오래전 어느 날 광장에서 한 마리오네티스트가 능숙하게 줄 인형을 움직이는 모습을 보았을 때 그 모습이 마치 신 神 같아 보였다고 했다.

이 책의 출간을 앞두고서, 먼저 읽고 느낌을 나누어줄 분으로서 바로 지미 님을 떠올렸다. 오랫동안 인형극에 관계하여 인형을 만들고 다루어 온 예술가는 나의 책 내용을 어떻게 느낄지 궁금했다. 그래서 지미 님께 이 작품을 읽고 감흥을 이야기해달라고 부탁드렸다.
불과 며칠 지나지 않아, 시차를 고려한 적당한 저녁 시간에 대화를 나누게 되었다.

다음은 둘이서 나눈 메신저 대화 창의 내용이다. 일찍이 우리나라를 떠나 사셔서 한국어가 서투시기 때문에, 의미 전달이 어려운 부분만 손을 보았고 나머지는 어감의 전달 관계상 그대로 두었다.

지미　원고를 내려놓기 힘들게 다 읽었어요, 래연 씨! 나의 한국어 실력을 글로 부딪쳐 본 게 정말 오래되어서, 애쓰면서도 즐겼어요! (한 88% 정도?) 굉장히 특별한 걸 나누셨네요! 너무 고마웠어요. 저를 불러주셔서. 그런데 너무 감동적이어서 막 읽어 내려갔어요!! 이해는 읽고 나면 오겠지 하고. 이런 마음 깊이 가지고 계신 생각들을 저하고 나누어 주셔서 참 고맙게 느꼈어요. 감동이 너무 깊게 느껴졌었어요. 몇 번이나 래연 씨 글이 나를 뭉클하게 했어요. 나 자신 옛 생각들이 나게 되어 그랬는지도요…….

나　어릴 때 추억 같은 거요?

지미　추억, 그러면 좋은 것을 생각하게 하는데……. 잊으려고 하는 생각들……. 묻어 버리려고 하는 생각들…….

나　아, 힘들고 아픈 기억들 같은 거요?

지미　그렇죠.
　　　　그런 걸 우리가, 인형들만이 우리에게 되돌아보게 한다는 점이, 서둘러 표현하려니 어렵네요. 그러니까 우선…….

나	무슨 말씀이신지 짐작이 되는 듯도요. 인형과 예술과 축제가 우리의 힘들었던 내면의 역사를 비추어주면서 달래주고, 우리가 낫도록 이끌어준다는 느낌이 들어요.
지미	인형극을 하면서 그 "힘"을 많이 느꼈어요.
나	직접 그 일을 하시니 정말 그러실 것 같아요.
지미	처음 공연을 하면서 혼자 울기도 했고요, 도중에.
나	아, 이런 이야기 처음 들어봐요.
지미	선녀와 나무꾼이라는 스토리를 현대식으로 추린 작품인데, 하는 도중에 막 울기 시작했었어요.
나	세상에!
지미	사람들은 굉장히 감동적이었대요. 나중에.
나	제가 관객이었대도 그럴 것 같은걸요. 이렇게 이야기로만 들어도 뭔가 느낌이 몰려와요.
지미	어렸을 때 뭐에 생각을 감추고 밀어버리던 것들이 공연 중에 막 쏟아져 나와서... 그런 건지도. 그래서 인형으로 표현하는 게 쉬워요. 마스크를 쓴 거처럼 나 자신은 뒤에 숨어서…… 그런데 작품 속에서 자신을 인형이랑 비교하셨던 게 정말 인상 깊었어요.
나	지미 님에게서 이런 얘기를 듣게 된 게 기뻐요.

(이어 영어로 된 긴 문장들이 메신저 창에 떴고 이를 번역해 보면 다음과 같다.)

약 400명의 사람들이 광장 중앙에 인형극을 위해 마련된 작은 무대를 돌고 있었을 것이다.

우리는 작은 남자가 무대에 올라 테이블 위에 작은 신발 상자 크기의 용기를 놓고 그 옆에 앉아 줄곧 그의 시선을 떼지 않고 있는 것을 지켜보았다. 군중들은 재잘거리는 소리를 늦추고 그의 손동작을 따라가기 시작했다. 이 남자가 조심스럽게 상자 안으로 손을 넣어 작은 나무 인형을 부드럽게 들어냈을 때, 이 시점에서 모든 사람이 잡담을 멈추었고, 심지어 숨을 죽이고 있는 것처럼 침묵이 흘렀다. 그 남자는 빠르고 능숙한 손놀림으로 작은 나무 인형의 발끝을 받쳐 들었고 이 인형이 눈을 떴을 때, 천천히 그리고 또 강하게, 군중들 사이에서 크고 통일된 놀라움의 숨소리가 들려왔다! 지금 어린 소년인 이 나무 인형은, 마치 자신의 작은 손가락들을 우선 시험해보려는 듯 꿈틀거렸다. 그리고는 천천히 그의 섬세한 머리를 돌려 그 남자를 올려다보았다. 우리 모두는 완전히 넋을 잃고 여전히 숨을 죽이고 있었다. 그 어린 소년은 수염이 덥수룩한 그 남자의 얼굴에 손을 뻗어 그의 뺨을 부드럽게 감으며 어루만졌다. 사내의 얼굴에서 진지함과 집중력이 녹아내리며, 미소를 드러냈다. 나는 울기 시작했다. 처음에는 천천히, 그리고 이 "퍼펫쇼"의 첫 10분 동안, 내 울음은 걷잡을 수 없이 되었고, 역시나 눈물에 젖어 있던 내 아내도 나를 위로하기 위해 내 어깨를 꼭 껴안아야만 했다! 우리는 두 아이를 꼭 안고서 40분 내내 울고 웃었다!

나   앗, 이 긴 이야기는 뭐죠?
지미   내 나름대로 추천사.
         래연씨 책 읽으면서 생각났던 게 너무 많았거든요…….
나   새로운 이야기를 하나 집필하셔야 할 지경이 되셨군요? 하하.
지미   추천사라는 걸 딱히 써본 적이 없어서…….

그다음 일주일쯤 지난 어떤 날엔, 지미 님이 처음 인형극에 매료되었던 순간을 묘사해서 보내주셨다.

벌써 갓 난 딸의 아버지가 된 나는 한 30년 전 이 나라(이탈리아)에서 처음으로 인형극을 보게 되었었다.

오랜 시간이 지나 인형극의 제목이나 확실한 내용은 다 기억하지 못하지만, 한 어여쁜 귀족 여자가, 하인으로 보이는, 어리숙하지만 말솜씨는 기가 막힌 인물에게 도움을 청하는 장면만 기억난다. 큰 어른이 앞에 앉아 보이지 않는다고 아이들이 투덜거리는 바람에 일어나서 옆으로 섰다. 그런데 언뜻, 앞에선 안 보이던, 인형극을 열중하여 진행하시는 노인 인형극인이 옆 뒤 각도로 보이는 것이었다. 그분의 두 손은 두 인물을 열심히 조종하시면서 발로는 극에 필요한, 땅에 떨어진 물품들을 찾아 고르셨고, 인형 인물들의 대화 중 그분은 얼굴 앞에 직접 자신이 쓴 극 내용을 들여다보시기도 했다. 이 모습은, 그분 위에서, 웃고 울면서 죽기도 살기도 하는 괴물(용)까지 합쳐 대여섯이 넘는 인물들의 세계와는 전혀 관계없어 보이는 딴 세계였다! 문득, 우리의 모든 일을 책임진다는 신이, 우리가 모르는 사이 뒤에서 자기 혼자만의 드라마를 겪고 있을 수 있겠다는 생각을 해봤다.

그때부터 이런 일을 하려고 탐을 내보기 시작했다…….

지미   전통적인 인형극들(풀치넬라Pulcinella, 폴리쉬넬Polichinelle, 펀취Punch 등)은 말 한마디 한마디를 기억했다가 하는 대사가 거의 없고, 그냥 간단하고 중요한 내용만 써놓고서 해요. 그냥 뭐, 1장 테레시나 귀공녀는 마귀를 만난다, 그한테 속아서, 사랑하는 사람의 마음을 잡아두기 위해 자기의 모든 것을 바치려고 한다 등. 그러고서 그 인형극 하시는 분이 때에 따라 임프로바이스improvise를 하시는 게 보통이거든요. 그 위에 희비극이 펼쳐져요. 용이나 늑대가 바보 같은 괴물로 등장하고요.

인형극인이 극을 진행하는 동시에 한편으로는 자신이 진행

시키는 극에 전혀 관계없이 자기 자신의 소일거리를 동시에 해결하고 나가는 걸 본 느낌이었어요. 땀을 뻘뻘 흘리시면서, 힘드니까 찡그린 얼굴로, 자기가 들고 조종하는 공주의 귀여운 웃음소리를 흉내 낸다던가.

내가 하고 싶었던 말은, 우리가 울고 웃으며 보는 스토리 뒤에서, 그 스토리를 전해주는 사람 자신은 영 이 스토리랑은 관계없이, 자신만 느끼는 스토리를 살 수 있다는 게 신기해 보였다는 거예요.

지미 님이 작업 중인 인형

추천의 글들

가을이 되면 습관처럼 찾아가는 그곳, 인형극의 도시 샤를르빌.

언제부턴가 내게 그곳으로의 여정은 아련한 설레임으로 시작하는 당연한 소풍이 되어있다.

그러니까 그날 나는, 나선형으로 돌고 있는 인형극의 도시 한복판에 있었고, 푸른 바람결에 기대에 냇물처럼 얕게 눈을 뜨고 있었다.

그리고 멍하니 기분좋게……. 저기 어디쯤 바라보고 있었던 것 같다.

그때 만난 꿈꾸는 듯 빛나는 검은 눈동자.

그녀는 마치 바람구두를 신은 요정처럼 춤을 추고 있었다. 그 춤은 보이지 않았지만, 무척 향긋하고 자유로웠다.

그러한 그녀의 '피노키오', '바람구두를 신은 피노키오'가 그녀와 함께 어떠한 자유로움을 춤추고 노래할지 무척 기대되며 설레인다.

배근영 인형극 연출가, 극단 로.기.나래 대표 / 사)한국인형극협회 부회장,
UNIMA KOREA 이사 / 재) 춘천인형극제 이사

래연과 닮은 인형을 생각해봤어요. 마리오네트보다 손과 가깝고, 가슴에서 살짝 거리를 두고 움직여요. 손안에 폭 들어와 감싸 쥐고 말하기 좋아요. 자세히 보니 꿰맨 자국이 듬성듬성 보이네요. 처음 보는 모습에도 괜히 말을 걸게 되는 그런 인형이에요.

그녀의 글을 읽고 나면, 독자를 닮은 인형도 분명 떠오를 거예요. 각자의 인형을 안고 여기 앉아 보세요. 래연의 인형이 하는 말을 들어볼까요?

김동환 연출가, 극단 소동

샤를르빌, 나는 아직 가 보지 못한 '인형puppet'들의 낙원.
작가님의 상냥한 글을 따라 나만의 샤를르빌을 상상하다 보면 어느새
한 마리의 고양이가 되어 함께 여행하고 있는 나를 발견한다. 이 세상
을 살고 있는 다양한 모습의 인형들 그리고 그들의 때로는 아름다웠고
때로는 가슴 아팠던 이야기를 들으며, 축제의 끝에는 세상의 모든 인형
들이 행복해지길 바란다.

이희원 시각예술가, studio BESISI 대표

원고를 내려놓기 힘들게 다 읽었어요. 너무 감동적이어서 막 읽어 내려
갔어요!! 굉장히 특별한 걸 나누셨네요! 이런 마음 깊이 가지고 계신 생
각들을 나누어 주셔서 참 고맙게 느꼈어요. 감동이 너무 깊게 느껴졌어
요. 래연 님의 글이 나를 몇 번이나 뭉클하게 했어요. 자신을 인형이랑
비교하신 게 정말 인상 깊었어요.

James Davies Puppeteer/ puppet&mask constructor, Acquapendente, Italy

래연 작가는 인형극을 통한 감동을 책으로 발간하는 분이기에 인형극 분야에 관련된 나로서는 다양한 감정으로 이 책을 접할 수밖에 없었다. <바람구두를 신은 피노키오> 이야기를 따라가다 나는, 처음 인형극에 매료된 시점과 마주하게 되었다. 마치 나를 투영한 인형, 그것을 바라보면서 벅차오르는 수많은 감정들……. 인형극 속 마리오네트처럼 손과 발, 머리가 묶인 우리, 우리는 진정한 자유를 갈망하면서 구속 안에서 헤맨다.

래연 작가의 상상이 바람의 신발을 신고 자유를 찾아 떠날 용기를 독자들에게 선물할지도 모른다. 이 책은 새로운 경험을 원하시는 독자들에게 추천해 드리며, 이 책을 읽고 난 후, 당신은……. 혹시 아는가? 당신 또한 인형극에 매료될지……?

박재춘 한국인형극협회 전) 상임이사

바람구두를 신은 피노키오

1판 1쇄 발행   2021. 10. 06

지 은 이	래연
판화 일러스트	케이
발 행 인	박윤희
발 행 처	도서출판 이곳
디 자 인	디자인스튜디오 이곳
등 록	2018. 10. 8 신고번호 제 2018-000118호
주 소	서울 송파구 송파대로44길 9(송파동) 402호
팩 스	0504.062.2548

ISBN 979-11-968772-9-3(03800)

도서출판 이곳
우리는 단순히 책을 만들지 않습니다.
작가와 책이 마주치는 이곳에서 끊임없이 나음을 넘어 다름을 생각합니다.

홈페이지	www.bookndesign.com
이 메 일	bookndesign@daum.net
블 로 그	blog.naver.com/designit
유 튜 브	도서출판이곳
인스타그램	@book_n_design @here_book_books

이 도서의 국립중앙도서관 출판예정도서목록(CIP)은 서지정보유통지원시스템 홈페이지(http://seoji.
nl.go.kr)와 국가자료종합목록시스템(http://www.nl.go.kr/kolisnet)에서 이용하실 수 있습니다.